Gröls Verlage

„Bücher sind wie Fallschirme. Sie nützen uns nichts, wenn wir sie nicht öffnen."

Gröls Verlag

Redaktionelle Hinweise und Impressum

Das vorliegende Werk wurde zugunsten der Authentizität sehr zurückhaltend bearbeitet. So wurden etwa ursprüngliche Rechtschreibfehler *nicht* systematisch behoben, denn kleine Unvollkommenheiten machen das Buch – wie im Übrigen den Menschen – erst authentisch. Mitunter wurden jedoch zum Beispiel Absätze behutsam neu getrennt, um den Lesefluss zu erleichtern.

Um die Texte zu rekonstruieren, werden antiquarische Bücher von Lesegeräten gescannt und dann durch eine Software lesbar gemacht. Der so entstandene Text wird von Menschen gegengelesen und korrigiert – hierbei treten auch Fehler auf. Wenn Sie ebenfalls antiquarische Texte einreichen möchten, finden Sie weitere Informationen auf www.groels.de

Viel Freude bei der Lektüre wünscht Ihnen das Team des Gröls-Verlags.

Adressen

Verleger: Sophia Gröls, Im Borngrund 26, 61440 Oberursel

Externer Dienstleister für Distribution & Herstellung: BoD, In de Tarpen 42, 22848 Norderstedt

Unsere „Edition | Werke der Weltliteratur“ hat den Anspruch, eine der größten und vollständigsten Sammlungen klassischer Literatur in deutscher Sprache zu sein. Nach und nach versammeln wir hier nicht nur die „üblichen Verdächtigen“ von Goethe bis Schiller, sondern auch Kleinode der vergangenen Jahrhunderte, die – zu Unrecht – drohen, in Vergessenheit zu geraten. Wir kultivieren und kuratieren damit einen der wertvollsten Bereiche der abendländischen Kultur. Kleine Auswahl:

Francis Bacon • Neues Organon • **Balzac** • Glanz und Elend der Kurtisanen • **Joachim H. Campe** • Robinson der Jüngere • **Dante Alighieri** • Die Göttliche Komödie • **Daniel Defoe** • Robinson Crusoe • **Charles Dickens** • Oliver Twist • **Denis Diderot** • Jacques der Fatalist • **Fjodor Dostojewski** • Schuld und Sühne • **Arthur Conan Doyle** • Der Hund von Baskerville • **Marie von Ebner-Eschenbach** • Das Gemeindekind • **Elisabeth von Österreich** • Das Poetische Tagebuch • **Friedrich Engels** • Die Lage der arbeitenden Klasse • **Ludwig Feuerbach** • Das Wesen des Christentums • **Johann G. Fichte** • Reden an die deutsche Nation • **Fitzgerald** • Zärtlich ist die Nacht • **Flaubert** • Madame Bovary • **Gorch Fock** • Seefahrt ist not! • **Theodor Fontane** • Effi Briest • **Robert Musil** • Über die Dummheit • **Edgar Wallace** • Der Frosch mit der Maske • **Jakob Wassermann** • Der Fall Maurizius • **Oscar Wilde** • Das Bildnis des Dorian Grey • **Émile Zola** • Germinal • **Stefan Zweig** • Schachnovelle • **Hugo von Hofmannsthal** • Der Tor und der Tod • **Anton Tschechow** • Ein Heiratsantrag • **Arthur Schnitzler** • Reigen • **Friedrich Schiller** • Kabale und Liebe • **Nicolo Machiavelli** • Der Fürst • **Gotthold E. Lessing** • Nathan der Weise • **Augustinus** • Die Bekenntnisse des heiligen Augustinus • **Marcus Aurelius** • Selbstbetrachtungen • **Charles Baudelaire** • Die Blumen des Bösen • **Harriett Stowe** • Onkel Toms Hütte • **Walter Benjamin** • Deutsche Menschen • **Hugo Bettauer** • Die Stadt ohne Juden • **Lewis Caroll** • *und viele mehr….*

Johann Wolfgang Goethe

Unterhaltungen deutscher Ausgewanderten

Inhalt

In jenen unglücklichen Tagen, welche für Deutschland, für Europa, ja für die übrige Welt die traurigsten Folgen hatten, als das Heer der Franken durch eine übelverwahrte Lücke in unser Vaterland einbrach, verließ eine edle Familie ihre Besitzungen in jenen Gegenden und entfloh über den Rhein, um den Bedrängnissen zu entgehen, womit alle ausgezeichneten Personen bedrohet waren, denen man zum Verbrechen machte, daß sie sich ihrer Väter mit Freuden und Ehren erinnerten, und mancher Vorteile genossen, die ein wohldenkender Vater seinen Kindern und Nachkommen so gern zu verschaffen wünschte.

Die Baronesse von C., eine Witwe von mittlern Jahren, erwies sich auch jetzt auf dieser Flucht, wie sonst zu Hause, zum Troste ihrer Kinder, Verwandten und Freunde, entschlossen und tätig. In einer weiten Sphäre erzogen und durch mancherlei Schicksale ausgebildet war sie als eine treffliche Hausmutter bekannt, und jede Art von Geschäft erschien ihrem durchdringenden Geiste willkommen. Sie wünschte vielen zu dienen, und ihre ausgebreitete Bekanntschaft setzte sie in Stand es zu tun. Nun mußte sie sich unerwartet als Führerin einer kleinen Karawane darstellen, und verstand auch diese zu leiten, für sie zu sorgen und den guten Humor, wie er sich zeigte, in ihrem Kreise, auch mitten unter Bangigkeit und Not, zu unterhalten. Und wirklich stellte sich bei unsern Flüchtlingen die gute Laune nicht selten ein; denn überraschende Vorfälle, neue Verhältnisse gaben den aufgespannten Gemütern manchen Stoff zu Scherz und Lachen.

Bei der übereilten Flucht war das Betragen eines jeden charakteristisch und auffallend. Das eine ließ sich durch eine falsche Furcht, durch ein unzeitiges Schrecken hinreißen; das andere gab einer unnötigen Sorge Raum, und alles, was dieser zu viel, jener zu wenig tat, jeder Fall wo sich Schwäche und Nachgiebigkeit oder Übereilung zeigte, gab in der Folge Gelegenheit sich wechselseitig zu plagen und aufzuziehen, so daß dadurch diese traurigen Zustände lustiger wurden, als eine vorsätzliche Lustreise ehemals hatte werden können.

Denn wie wir manchmal in der Komödie eine Zeitlang, ohne über die absichtlichen Possen zu lachen, ernsthaft zuschauen können, dagegen aber sogleich ein lautes Gelächter entsteht, wenn in der Tragödie etwas Unschickliches vorkommt: so wird auch ein Unglück in der wirklichen Welt, das die Menschen aus ihrer Fassung bringt, gewöhnlich von lächerlichen, oft auf der Stelle, gewiß aber hinterdrein, belachten Umständen begleitet sein.

Besonders mußte Fräulein Luise, die älteste Tochter der Baronesse, ein lebhaftes, heftiges und in guten Tagen herrisches Frauenzimmer, sehr vieles leiden, da von ihr behauptet wurde, daß sie bei dem ersten Schrecken ganz aus der Fassung geraten sei, in Zerstreuung, ja in einer Art von Abwesenheit, die unnützesten Sachen mit dem größten Ernste zum Aufpacken gebracht, und sogar einen alten Bedienten für ihren Bräutigam angesehen habe.

Sie verteidigte sich aber so gut sie konnte; nur wollte sie keinen Scherz, der sich auf ihren Bräutigam bezog, dulden, indem es ihr schon Leiden genug verursachte, ihn bei der alliierten Armee in täglicher Gefahr zu wissen, und eine gewünschte Verbindung durch die allgemeine Zerrüttung aufgeschoben und vielleicht gar vereitelt zu sehen.

Ihr älterer Bruder Friedrich, ein entschlossener junger Mann, führte alles was die Mutter beschloß, mit Ordnung und Genauigkeit aus, begleitete zu Pferde den Zug und war zugleich Kurier, Wagenmeister und Wegweiser. Der Lehrer des jüngern hoffnungsvollen Sohnes, ein wohl unterrichteter Mann, leistete der Baronesse im Wagen Gesellschaft; Vetter Karl fuhr mit einem alten Geistlichen, der als Hausfreund schon lange der Familie unentbehrlich geworden war, mit einer ältern und jüngern Verwandten in einem nachfolgenden Wagen. Kammermädchen und Kammerdiener folgten in Halbchaisen, und einige schwerbepackte Brancards, die auf mehr als einer Station zurückbleiben mußten, schlossen den Zug.

Ungern hatte, wie man leicht denken kann, die ganze Gesellschaft ihre Wohnungen verlassen, aber Vetter Karl entfernte sich mit doppeltem Widerwillen von dem jenseitigen Rheinufer; nicht daß er etwa eine Geliebte daselbst zurückgelassen hätte, wie man nach seiner Jugend, seiner guten Gestalt und seiner leidenschaftlichen Natur hätte vermuten sollen; er hatte sich vielmehr von der blendenden Schönheit verführen lassen, die unter dem Namen Freiheit sich erst heimlich, dann öffentlich so viele Anbeter zu verschaffen wußte, und, so übel sie auch die einen behandelte, von den andern mit großer Lebhaftigkeit verehrt wurde. Wie Liebende gewöhnlich von ihrer Leidenschaft verblendet werden, so erging es auch Vetter Karl. Sie wünschen den Besitz eines einzigen Gutes, und wähnen alles übrige dagegen entbehren zu können. Stand, Glücksgüter, alle Verhältnisse scheinen in nichts zu verschwinden, indem das gewünschte Gut zu einem, zu allem wird. Eltern, Verwandte und Freunde werden uns fremd, indem wir uns etwas zueignen, das uns ganz ausfüllt und uns alles übrige fremd macht.

Vetter Karl überließ sich der Heftigkeit seiner Neigung und verhehlte sie nicht in Gesprächen. Er glaubte um so freier sich diesen Gesinnungen ergeben zu können, als er selbst ein Edelmann war, und, obgleich der zweite Sohn, dennoch ein ansehnliches Vermögen zu erwarten hatte. Ebendiese Güter, die ihm künftig zufallen mußten, waren jetzt in Feindes Händen, der nicht zum besten darauf hauste. Demungeachtet konnte Karl einer Nation nicht feind werden, die der Welt so viele Vorteile versprach, und deren Gesinnungen er nach öffentlichen Reden und Äußerungen einiger Mitglieder beurteilte. Gewöhnlich störte er die Zufriedenheit der Gesellschaft, wenn sie ja derselben noch fähig war, durch ein unmäßiges Lob alles dessen, was bei den Neufranken Gutes oder Böses geschah, durch ein lautes Vergnügen über ihre Fortschritte, wodurch er die andern um desto mehr aus der Fassung brachte, als sie ihre Leiden durch die Schadenfreude eines Freundes und Verwandten verdoppelt nur um so schmerzlicher empfinden mußten.

Friedrich hatte sich schon einigemal mit ihm überworfen und ließ sich in der letzten Zeit gar nicht mehr mit ihm ein. Die Baronesse wußte ihn auf eine kluge Weise wenigstens zu augenblicklicher Mäßigung zu leiten. Fräulein Luise machte ihm am meisten zu schaffen, indem sie, freilich oft ungerechter Weise, seinen Charakter und seinen Verstand verdächtig zu machen suchte. Der Hofmeister gab ihm im stillen recht, der Geistliche im stillen unrecht, und die Kammermädchen, denen seine Gestalt reizend und seine Freigebigkeit respektabel war, hörten ihn gerne reden, weil sie sich durch seine Gesinnungen berechtigt glaubten, ihre zärtlichen Augen, die sie bisher vor ihm bescheiden niedergeschlagen hatten, nunmehr in Ehren nach ihm aufzuheben.

Die Bedürfnisse des Tages, die Hindernisse des Weges, die Unannehmlichkeiten der Quartiere führten die Gesellschaft gewöhnlich auf ein gegenwärtiges Interesse zurück, und die große Anzahl französischer und deutscher Ausgewanderten, die sie überall antrafen und deren Betragen und Schicksale sehr verschieden waren, gaben ihnen oft zu Betrachtungen Anlaß, wie viel Ursache man habe, in diesen Zeiten alle Tugenden, besonders aber die Tugend der Unparteilichkeit und Verträglichkeit zu üben.

Eines Tages machte die Baronesse die Bemerkung, daß man nicht deutlicher sehen könne, wie ungebildet in jedem Sinne die Menschen seien, als in solchen Augenblicken allgemeiner Verwirrung und Not. Die bürgerliche Verfassung, sagte sie, scheint wie ein Schiff zu sein, das eine große Anzahl Menschen, alte und junge, gesunde und kranke, über ein gefährliches Wasser, auch selbst zu Zeiten des Sturms, hinüber bringt; nur in dem Augenblicke wenn das Schiff scheitert, sieht man wer schwimmen kann, und selbst gute Schwimmer gehen unter solchen Umständen zugrunde.

Wir sehen meist die Ausgewanderten ihre Fehler und albernen Gewohnheiten mit sich in der Irre herumführen und wundern uns darüber. Doch wie den reisenden Engländer der Teekessel in allen vier Weltteilen nicht verläßt, so wird die übrige Masse der Menschen von stolzen Anforderungen, Eitelkeit, Unmäßigkeit, Ungeduld, Eigensinn, Schiefheit im Urteil, von der Lust ihrem Nebenmenschen tückisch etwas zu versetzen, überallhin begleitet. Der Leichtsinnige freut sich der Flucht wie einer Spazierfahrt und der Ungenügsame verlangt, daß ihm auch noch als Bettler alles zu Diensten stehe. Wie selten daß uns die reine Tugend irgend eines Menschen erscheint, der wirklich für andere zu leben, für andere sich aufzuopfern getrieben wird.

Indessen man nun mancherlei Bekanntschaften machte, die zu solchen Betrachtungen Gelegenheit gaben, war der Winter vorbei gegangen. Das Glück hatte sich wieder zu den deutschen Waffen gesellt, die Franzosen waren wieder über den Rhein hinüber gedrängt, Frankfurt befreit und Mainz eingeschlossen.

In der Hoffnung auf den weitern Fortgang der siegreichen Waffen, und begierig wieder einen Teil ihres Eigentums zu ergreifen, eilte die Familie auf ein Gut, das an dem rechten Ufer des Rheins, in der schönsten Lage, ihr zugehörte. Wie erquickt fanden sie sich, als sie den schönen Strom wieder vor ihren Fenstern vorbeifließen sahen, wie freudig nahmen sie wieder von jedem Teile des Hauses Besitz, wie freundlich begrüßten sie die bekannten Mobilien, die alten Bilder und jeglichen Hausrat, wie wert war ihnen auch das Geringste das sie schon verloren gegeben hatten, wie stiegen ihre Hoffnungen, dereinst auch jenseits des Rheines alles noch in dem alten Zustande zu finden! Kaum erscholl in der Nachbarschaft die Ankunft der Baronesse, als alle alten Bekannten, Freunde und Diener herbeieilten sich mit ihr zu besprechen, die Geschichten der vergangenen Monate zu wiederholen, und sich in manchen Fällen Rat und Beistand von ihr zu erbitten.

Umgeben von diesen Besuchen, ward sie aufs angenehmste überrascht, als der Geheimerat von S. mit seiner Familie bei ihr ankam, ein Mann dem die Geschäfte von Jugend auf zum Bedürfnis geworden waren, ein Mann der das Zutrauen seines Fürsten verdiente und besaß. Er hielt sich streng an Grundsätze und hatte über manche Dinge seine eigene Denkweise. Er war genau im Reden und Handeln und forderte das gleiche von andern. Ein konsequentes Betragen schien ihm die höchste Tugend.

Sein Fürst, das Land, er selbst hatten viel durch den Einfall der Franzosen gelitten; er hatte die Willkür der Nation, die nur vom Gesetz sprach, kennen gelernt und den Unterdrückungsgeist derer die das Wort Freiheit immer im Munde führten. Er hatte gesehen, daß auch in diesem Falle der große Haufe sich treu blieb, und Wort für Tat, Schein für Besitz mit großer Heftigkeit aufnahm. Die Folgen eines unglücklichen Feldzugs, sowie die Folgen jener verbreiteten Gesinnungen und Meinungen, blieben seinem Scharfblicke nicht verborgen, obgleich nicht zu leugnen war, daß er manches mit hypochondrischem Gemüte betrachtete und mit Leidenschaft beurteilte.

Seine Gemahlin, eine Jugendfreundin der Baronesse, fand, nach so vielen Trübsalen, einen Himmel in den Armen ihrer Freundin. Sie waren miteinander aufgewachsen, hatten sich miteinander gebildet, sie kannten keine Geheimnisse voreinander. Die ersten Neigungen junger Jahre, die bedenklichen Zustände der Ehe, Freuden, Sorgen und Leiden als Mütter, alles hatten sie sich sonst, teils mündlich, teils in Briefen, vertraut, und hatten eine ununterbrochene Verbindung erhalten. Nur diese letzte Zeit her waren sie durch die Unruhen verhindert worden, sich einander, wie gewöhnlich, mitzuteilen. Um so lebhafter drängten sich ihre gegenwärtigen Gespräche, um desto mehr hatten sie einander zu sagen, indessen die Töchter der Geheimerätin ihre Zeit mit Fräulein Luisen in einer wachsenden Vertraulichkeit zubrachten.

Leider ward der schöne Genuß dieser reizenden Gegend oft durch den Donner der Kanonen gestört, den man, je nachdem der Wind sich drehte, aus der Ferne deutlicher oder undeutlicher vernahm. Ebenso wenig konnte, bei den vielen zuströmenden Neuigkeiten des Tages, der politische Diskurs vermieden werden, der gewöhnlich die augenblickliche Zufriedenheit der Gesellschaft störte, indem die verschiedenen Denkungsarten und Meinungen von beiden Seiten sehr lebhaft geäußert wurden. Und wie unmäßige Menschen sich deshalb doch nicht des Weins und schwer zu verdauender Speisen enthalten, ob sie gleich aus der Erfahrung wissen, daß ihnen darauf ein unmittelbares Übelsein bevorsteht: so konnten auch die meisten Glieder der Gesellschaft sich in diesem Falle nicht bändigen, vielmehr gaben sie dem unwiderstehlichen Reiz nach, andern wehe zu tun und sich selbst dadurch am Ende eine unangenehme Stunde zu bereiten.

Man kann leicht denken, daß der Geheimerat diejenige Partei anführte, welche dem alten System zugetan war, und daß Karl für die entgegengesetzte sprach, welche von bevorstehenden Neuerungen Heilung und Belebung des alten Kranken Zustandes hoffte.

Im Anfange wurden die Gespräche noch mit ziemlicher Mäßigung geführt, besonders da die Baronesse durch anmutige Zwischenreden beide Teile im Gleichgewicht zu halten wußte; als aber die wichtige Epoche herannahete, daß die Blockade von Mainz in eine Belagerung übergehen sollte, und man nunmehr für diese schöne Stadt und ihre zurückgelassenen Bewohner lebhafter zu fürchten anfing, äußerte jedermann seine Meinungen mit ungebundener Leidenschaft.

Besonders waren die daselbst zurückgebliebenen Klubisten ein Gegenstand des allgemeinen Gesprächs, und jeder erwartete ihre Bestrafung oder Befreiung, je nachdem er ihre Handlungen entweder schalt oder billigte.

Unter die ersten gehörte der Geheimerat, dessen Argumente Karl am verdrießlichsten fielen, wenn er den Verstand dieser Leute angriff und sie einer völligen Unkenntnis der Welt und ihrer selbst beschuldigte.

Wie verblendet müssen sie sein! rief er aus, als an einem Nachmittage das Gespräch sehr lebhaft zu werden anfing, wenn sie wähnen, daß eine ungeheure Nation, die mit sich selbst in der größten Verwirrung kämpft und, auch in ruhigen Augenblicken, nichts als sich selbst zu schätzen weiß, auf sie mit einiger Teilnehmung herunterblicken werde. Man wird sie als Werkzeuge betrachten, sie eine Zeitlang gebrauchen und endlich wegwerfen, oder wenigstens vernachlässigen. Wie sehr irren sie sich, wenn sie glauben, daß sie jemals in die Zahl der Franzosen aufgenommen werden könnten. Jedem der mächtig und groß ist erscheint nichts lächerlicher als ein Kleiner und Schwacher, der in der Dunkelheit des Wahns, in der Unkenntnis seiner selbst, seiner Kräfte und seines Verhältnisses, sich jenem gleichzustellen dünkt. Und glaubt ihr denn, daß die große Nation nach dem Glücke, das sie bisher begünstigt, weniger stolz und übermütig sein werde, als irgend ein anderer königlicher Sieger?

Wie mancher, der jetzt als Munizipalbeamter mit der Schärpe herumläuft, wird die Maskerade verwünschen, wenn er, nachdem er seine Landsleute in eine neue widerliche Form zu zwingen geholfen hat, zuletzt in dieser neuen Form von denen, auf die er sein ganzes Vertrauen setzte, niedrig behandelt wird. Ja es ist mir höchst wahrscheinlich, daß man bei der Übergabe der Stadt, die wohl nicht lange verzögert werden kann, solche Leute den Unsrigen überliefert oder überläßt. Mögen sie doch alsdann ihren Lohn dahinnehmen, mögen sie alsdann die Züchtigung empfinden, die sie verdienen, ich mag sie so unparteiisch richten als ich kann.

Unparteiisch! rief Karl mit Heftigkeit aus; wenn ich doch dies Wort nicht wieder sollte aussprechen hören! Wie kann man diese Menschen so geradezu verdammen? Freilich haben sie nicht ihre Jugend und ihr Leben zugebracht, in der hergebrachten Form sich und andern begünstigten Menschen zu nützen. Freilich haben sie nicht die wenigen wohnbaren Zimmer des alten Gebäudes besessen und sich darinne gepflegt; vielmehr haben sie die Unbequemlichkeit der vernachlässigten Teile eures Staatspalastes mehr empfunden, weil sie selbst ihre Tage kümmerlich und gedrückt darin zubringen mußten: sie haben nicht, durch eine mechanisch erleichterte Geschäftigkeit bestochen, dasjenige für gut angesehen, was sie einmal zu tun gewohnt waren; freilich haben sie nur im stillen der Einseitigkeit, der Unordnung, der Lässigkeit, der Ungeschicklichkeit zusehen können, womit eure Staatsleute sich noch Ehrfurcht zu erwerben glauben; freilich haben sie nur heimlich wünschen können, daß Mühe und Genuß gleicher ausgeteilt sein möchten! Und wer wird leugnen, daß unter ihnen nicht wenigstens einige wohldenkende und tüchtige Männer sich befinden, die, wenn sie auch in diesem Augenblicke das Beste zu bewirken nicht imstande sind, doch durch ihre Vermittlung das Übel zu lindern und ein künftiges Gutes vorzubereiten das Glück haben; und da man solche darunter zählt, wer wird sie nicht bedauern, wenn der Augenblick naht, der sie ihrer Hoffnungen vielleicht auf immer berauben soll. Der Geheimerat scherzte darauf, mit einiger Bitterkeit, über junge Leute die einen Gegenstand zu idealisieren geneigt seien: Karl schonte dagegen diejenigen nicht, welche nur nach alten Formen denken könnten, und was dahinein nicht passe notwendig verwerfen müßten.

Durch mehreres Hin- und Widerreden ward das Gespräch immer heftiger und es kam von beiden Seiten alles zur Sprache, was im Laufe dieser Jahre so manche gute Gesellschaft entzweit hatte. Vergebens suchte die Baronesse, wo nicht einen Frieden, doch wenigstens einen Stillstand zuwege zu bringen; selbst der Geheimerätin, die, als ein liebenswürdiges Weib, einige Herrschaft über Karls Gemüt sich erworben hatte, gelang es nicht auf ihn zu wirken; um so weniger, als ihr Gemahl fortfuhr treffende Pfeile auf Jugend und Unerfahrenheit loszudrücken, und über die besondere Neigung der Kinder mit dem Feuer zu spielen, das sie doch nicht regieren könnten, zu spotten.

Karl, der sich im Zorn nicht mehr kannte, hielt mit dem Geständnis nicht zurück: daß er den französischen Waffen alles Glück wünsche, und daß er jeden Deutschen auffordere, der alten Sklaverei ein Ende zu machen, daß er von der französischen Nation überzeugt sei, sie werde die edlen Deutschen, die sich für sie erklärt, zu schätzen wissen, als die Ihrigen ansehn und behandeln, und nicht etwa aufopfern oder ihrem Schicksale überlassen, sondern sie mit Ehren, Gütern und Zutrauen überhäufen.

Der Geheimerat behauptete dagegen, es sei lächerlich zu denken, daß die Franzosen nur irgend einen Augenblick, bei einer Kapitulation oder sonst, für sie sorgen würden; vielmehr würden diese Leute gewiß in die Hände der Alliierten fallen, und er hoffte sie alle gehangen zu sehen.

Diese Drohung hielt Karl nicht aus und rief vielmehr: er hoffe, daß die Guillotine auch in Deutschland eine gesegnete Ernte finden und kein schuldiges Haupt verfehlen werde. Dazu fügte er einige sehr starke Vorwürfe, welche den Geheimerat persönlich trafen und in jedem Sinne beleidigend waren.

So muß ich denn wohl, sagte der Geheimerat, mich aus einer Gesellschaft entfernen, in der nichts, was sonst achtungswert schien, mehr geehrt wird. Es tut mir leid, daß ich zum zweitenmal, und zwar durch einen Landsmann vertrieben werde; aber ich sehe wohl, daß von diesem weniger Schonung als von den Neufranken zu erwarten ist, und ich finde wieder die alte Erfahrung bestätigt, daß es besser sei, den Türken als den Renegaten in die Hände zu fallen.

Mit diesen Worten stand er auf und ging aus dem Zimmer; seine Gemahlin folgte ihm; die Gesellschaft schwieg. Die Baronesse gab mit einigen, aber starken, Ausdrücken ihr Mißvergnügen zu erkennen; Karl ging im Saale auf und ab. Die Geheimerätin kam weinend zurück und erzählte, daß ihr Gemahl einpacken lasse und schon Pferde bestellt habe. Die Baronesse ging zu ihm ihn zu bereden; indessen weinten die Fräulein und küßten sich und waren äußerst betrübt, daß sie sich so schnell und unerwartet voneinander trennen sollten. Die Baronesse kam zurück; sie hatte nichts ausgerichtet. Man fing an nach und nach alles zusammenzutragen was den Fremden gehörte. Die traurigen Augenblicke des Loslösens und Scheidens wurden sehr lebhaft empfunden. Mit den letzten Kästchen und Schachteln verschwand alle Hoffnung. Die Pferde kamen, und die Tränen flossen reichlicher.

Der Wagen fuhr fort und die Baronesse sah ihm nach; die Tränen standen ihr in den Augen. Sie trat vom Fenster zurück und setzte sich an den Stickrahmen. Die ganze Gesellschaft war still, ja verlegen, besonders äußerte Karl seine Unruhe, indem er, in einer Ecke sitzend, ein Buch durchblätterte und manchmal drüber weg nach seiner Tante sah. Endlich stand er auf und nahm seinen Hut, als wenn er weggehen wollte; allein in der Türe kehrte er um, trat an den Rahmen und sagte mit edler Fassung: Ich habe Sie beleidigt, liebe Tante, ich habe Ihnen Verdruß verursacht, verzeihen Sie meine Übereilung, ich erkenne meinen Fehler und fühl' ihn tief. Ich kann verzeihen, antwortete die Baronesse: ich werde keinen Groll gegen dich hegen, weil du ein edler guter Mensch bist; aber du kannst nicht wieder gut machen, was du verdorben hast. Ich entbehre durch deine Schuld in diesen Augenblicken die Gesellschaft einer Freundin, die ich seit langer Zeit zum erstenmal wieder sah, die mir das Unglück selbst wieder zuführte, und in deren Umgang ich manche Stunde das Unheil vergaß, das uns traf und das uns bedroht. Sie, die schon lange auf einer ängstlichen Flucht herumgetrieben wird, und sich kaum wenige Tage in Gesellschaft von geliebten alten Freunden in einer bequemen Wohnung, an einem angenehmen Orte erholt, muß schon wieder flüchtig werden, und die Gesellschaft verliert dabei die Unterhaltung ihres Gatten, der, so wunderlich er auch in manchen Stücken sein mag, doch ein trefflicher rechtschaffener Mann ist und ein unerschöpfliches Archiv von Menschen- und Weltkenntnis, von Begebenheiten und Verhältnissen mit sich führt, die er auf eine leichte, glückliche und angenehme Weise mitzuteilen versteht. Um diesen vielfachen Genuß bringt uns deine Heftigkeit; wodurch kannst du ersetzen, was wir verlieren?

Karl. Schonen Sie mich, liebe Tante: ich fühle meinen Fehler schon lebhaft genug, lassen Sie mich die Folgen nicht so deutlich einsehen.

Baronesse. Betrachte sie vielmehr so deutlich als möglich. Hier kann nicht von Schonen die Rede sein; es ist nur die Frage, ob du dich überzeugen kannst. Denn nicht das erste Mal begehst du diesen Fehler, und es wird das letzte Mal nicht sein. O ihr Menschen, wird die Not, die euch unter ein Dach, in eine enge Hütte zusammendrängt, euch nicht duldsam gegeneinander machen? Ist es an den ungeheuren Begebenheiten nicht genug, die auf euch und die Eurigen unaufhaltsam losdringen? Könnt ihr so nicht an euch selbst arbeiten, und euch mäßig und vernünftig gegen diejenigen betragen, die euch im Grunde nichts nehmen, nichts rauben wollen? Müssen denn eure Gemüter nur so blind und unaufhaltsam wirken und dreinschlagen, wie die Weltbegebenheiten, ein Gewitter oder ein ander Naturphänomen?

Karl antwortete nichts, und der Hofmeister kam von dem Fenster, wo er bisher gestanden, auf die Baronesse zu und sagte: Er wird sich bessern, dieser Fall soll ihm, soll uns allen zur Warnung dienen. Wir wollen uns täglich prüfen, wir wollen den Schmerz, den Sie empfunden haben, uns vor Augen stellen, wir wollen auch zeigen, daß wir Gewalt über uns haben.

Baronesse. Wie leicht doch Männer sich überreden können, besonders in diesem Punkte! Das Wort Herrschaft ist ihnen ein so angenehmes Wort, und es klingt so vornehm sich selbst beherrschen zu wollen. Sie reden gar zu gerne davon und möchten uns glauben machen, es sei wirklich auch in der Ausübung ernst damit; und wenn ich doch nur einen einzigen in meinem Leben gesehen hätte, der auch nur in der geringsten Sache sich zu beherrschen imstande gewesen wäre! Wenn ihnen etwas gleichgültig ist, dann stellen sie sich gewöhnlich sehr ernsthaft, als ob sie es mit Mühe entbehrten, und was sie heftig wünschen, wissen sie sich selbst und ändern als vortrefflich, notwendig, unvermeidlich und unentbehrlich vorzustellen. Ich wüßte auch nicht einen, der auch nur der geringsten Entsagung fähig wäre.

Hofmeister. Sie sind selten ungerecht, und ich habe Sie noch niemals so von Verdruß und Leidenschaft überwältigt gesehen, als in diesem Augenblick.

Baronesse. Ich habe mich dieser Leidenschaft wenigstens nicht zu schämen. Wenn ich mir meine Freundin, in ihrem Reisewagen, auf unbequemen Wegen, mit Tränen an verletzte Gastfreundschaft sich zurück erinnernd denke, so möcht' ich euch allen von Herzen gram werden.

Hofmeister. Ich habe Sie in den größten Übeln nicht so bewegt und so heftig gesehen, als in diesem Augenblick.

Baronesse. Ein kleines Übel, das auf die größeren folgt, erfüllt das Maß; und dann ist es wohl kein kleines Übel eine Freundin zu entbehren.

Hofmeister. Beruhigen Sie sich und vertrauen Sie uns allen, daß wir uns bessern, daß wir das mögliche tun wollen, Sie zu befriedigen.

Baronesse. Keinesweges; es soll mir keiner von euch ein Vertrauen ablocken, aber fordern will ich künftig von euch, befehlen will ich in meinem Hause.

Fordern Sie nur, befehlen Sie nur! rief Karl, und Sie sollen sich über unsern Ungehorsam nicht zu beschweren haben.

Nun meine Strenge wird so arg nicht sein, versetzte lächelnd die Baronesse, indem sie sich zusammennahm; ich mag nicht gerne befehlen, besonders so freigesinnten Menschen; aber einen Rat will ich geben, und eine Bitte will ich hinzufügen.

Hofmeister. Und beides soll uns ein unverbrüchliches Gesetz sein.

Baronesse. Es wäre töricht, wenn ich das Interesse abzulenken gedächte, das jedermann an den großen Weltbegebenheiten nimmt, deren Opfer wir leider selbst schon geworden sind. Ich kann die Gesinnungen nicht ändern, die bei einem jeden nach seiner Denkweise entstehen, sich befestigen, streben und wirken, und es wäre ebenso töricht als grausam, zu verlangen, daß er sie nicht mitteilen sollte. Aber das kann ich von dem Zirkel erwarten, in dem ich lebe, daß Gleichgesinnte sich im stillen zueinander fügen und sich angenehm unterhalten, indem der eine dasjenige sagt, was der andere schon denkt. Auf euren Zimmern, auf Spaziergängen und wo sich Übereindenkende treffen, eröffne man seinen Busen nach Lust, man lehne sich auf diese oder jene Meinung, ja man genieße recht lebhaft die Freude einer leidenschaftlichen Überzeugung. Aber, Kinder, in Gesellschaft laßt uns nicht vergessen, wie viel wir sonst schon, ehe alle diese Sachen zur Sprache kamen, um gesellig zu sein, von unsern Eigenheiten aufopfern mußten, und daß jeder, so lange die Welt stehen wird, um gesellig zu sein, wenigstens äußerlich sich wird beherrschen müssen. Ich fordere euch also nicht im Namen der Tugend, sondern im Namen der gemeinsten Höflichkeit auf, mir und andern in diesen Augenblicken das zu leisten, was ihr von Jugend auf, ich darf fast sagen, gegen einen jeden beobachtet habt, der euch auf der Straße begegnete.

Überhaupt, fuhr die Baronesse fort, weiß ich nicht, wie wir geworden sind, wohin auf einmal jede gesellige Bildung verschwunden ist. Wie sehr hütete man sich sonst in der Gesellschaft irgend etwas zu berühren, was einem oder dem andern unangenehm sein konnte! Der Protestant vermied in Gegenwart des Katholiken irgend eine Zeremonie lächerlich zu finden, der eifrigste Katholik ließ den Protestanten nicht merken, daß die alte Religion eine größere Sicherheit ewiger Seligkeit gewähre. Man unterließ vor den Augen einer Mutter, die ihren Sohn verloren hatte, sich seiner Kinder lebhaft zu freuen, und jeder fühlte sich verlegen, wenn ihm ein solches unbedachtsames Wort entwischt war. Jeder Umstehende suchte das Versehen wieder gutzumachen, – und tun wir nicht jetzo gerade das Gegenteil von allem diesem? Wir suchen recht eifrig jede

Gelegenheit, wo wir etwas vorbringen können, das den andern verdrießt und ihn aus seiner Fassung bringt. O laßt uns künftig, meine Kinder und Freunde, wieder zu jener Art zu sein zurückkehren! Wir haben bisher schon manches Traurige erlebt – und vielleicht verkündigt uns bald der Rauch bei Tage und die Flammen bei Nacht den Untergang unsrer Wohnungen und unsrer zurückgelassenen Besitztümer. Laßt uns auch diese Nachrichten nicht mit Heftigkeit in die Gesellschaft bringen, laßt uns dasjenige nicht durch öftere Wiederholung tiefer in die Seele prägen, was uns in der Stille schon Schmerzen genug erregt. Als euer Vater starb, habt ihr mir wohl mit Worten und Zeichen diesen unersetzlichen Verlust bei jedem Anlaß erneuert? Habt ihr nicht alles, was sein Andenken zur Unzeit wieder hervorrufen konnte, zu vermeiden und durch eure Liebe, eure stillen Bemühungen und eure Gefälligkeit das Gefühl jenes Verlustes zu lindern und die Wunde zu heilen gesucht? Haben wir jetzt nicht alle nötiger, eben jene gesellige Schonung auszuüben, die oft mehr wirkt, als eine wohlmeinende, aber rohe Hülfe; jetzt, da nicht etwa in der Mitte von Glücklichen ein oder der andere Zufall diesen oder jenen verletzt, dessen Unglück von dem allgemeinen Wohlbefinden bald wieder verschlungen wird, sondern wo unter einer ungeheuren Anzahl Unglücklicher kaum wenige, entweder durch Natur oder Bildung, einer zufälligen oder künstlichen Zufriedenheit genießen.

Karl. Sie haben uns nun genug erniedrigt, liebe Tante, wollen Sie uns nicht wieder die Hand reichen?

Baronesse. Hier ist sie, mit der Bedingung, daß ihr Lust habt euch von ihr leiten zu lassen. Rufen wir eine Amnestie aus! Man kann sich jetzt nicht geschwind genug dazu entschließen.

In dem Augenblicke traten die übrigen Frauenzimmer, die sich nach dem Abschiede noch recht herzlich ausgeweint hatten, herein und konnten sich nicht bezwingen, Vetter Karl freundlich anzusehen.

Kommt her, ihr Kinder, rief die Baronesse: wir haben eine ernsthafte Unterredung gehabt, die, wie ich hoffe, Friede und Einigkeit unter uns herstellen, und den guten Ton, den wir eine Zeitlang vermissen, wieder unter uns einführen soll; vielleicht haben wir nie nötiger gehabt uns aneinander zu schließen, und, wäre es auch nur wenige Stunden des Tages, uns zu zerstreuen. Laßt uns dahin übereinkommen, daß wir, wenn wir beisammen sind, gänzlich alle Unterhaltung über das Interesse des Tages verbannen. Wie lange haben wir belehrende und aufmunternde Gespräche entbehrt, wie lange hast du uns, lieber Karl, nichts von fernen Landen und Reichen erzählt, von deren Beschaffenheit, Einwohnern, Sitten und Gebräuchen du so schöne Kenntnisse hast. Wie lange haben Sie – so redete sie den Hofmeister an – die alte und neue Geschichte, die Vergleichung der Jahrhunderte und einzelner Menschen schweigen lassen; wo sind die schönen und zierlichen Gedichte geblieben, die sonst so oft aus den Brieftaschen unsrer jungen Frauenzimmer, zur Freude der Gesellschaft, hervorkamen; wohin haben sich die unbefangenen philosophischen Betrachtungen verloren? Ist die Lust gänzlich verschwunden, mit der ihr, von euren Spaziergängen, einen merkwürdigen Stein, eine, uns wenigsten, unbekannte Pflanze, ein seltsames Insekt zurückbrachtet, und dadurch Gelegenheit gabt, über den großen Zusammenhang aller vorhandenen Geschöpfe wenigstens angenehm zu träumen? Laßt alle diese Unterhaltungen, die sich sonst so freiwillig darboten, durch eine Verabredung, durch Vorsatz, durch ein Gesetz wieder bei uns eintreten, bietet alle eure Kräfte auf, lehrreich, nützlich und besonders gesellig zu sein; und das alles werden wir – und noch weit mehr als jetzt, benötigt sein, wenn auch alles völlig drunter oder drüber gehen sollte. Kinder, versprecht mir das!

Sie versprachen es mit Lebhaftigkeit.

Und nun geht, es ist ein schöner Abend, genieße ihn jeder nach seiner Weise, und laßt uns beim Nachtessen, seit langer Zeit zum ersten Mal, die Früchte einer freundschaftlichen Unterhaltung genießen.

So ging die Gesellschaft auseinander; nur Fräulein Luise blieb bei der Mutter sitzen: sie konnte den Verdruß, ihre Gespielin verloren zu haben, nicht so bald vergessen, und ließ Karl, der sie zum Spaziergange einlud, auf eine sehr schnippische Weise abfahren. So waren Mutter und Tochter eine Zeitlang still nebeneinander geblieben, als der Geistliche hereintrat, der von einem langen Spaziergange zurückkam, und von dem, was in der Gesellschaft vorgekommen war, nichts erfahren hatte. Er legte Hut und Stock ab, ließ sich nieder und wollte eben etwas erzählen; Fräulein Luise aber, als wenn sie ein angefangenes Gespräch mit ihrer Mutter fortsetzte, schnitt ihm die Rede mit folgenden Worten ab:

Manchen Personen wird denn doch das Gesetz, das eben beliebt worden ist, ziemlich unbequem sein. Schon wenn wir sonst auf dem Lande wohnten, hat es manchmal an Stoff zur Unterredung gemangelt: denn da war nicht so täglich wie in der Stadt ein armes Mädchen zu verleumden, ein junger Mensch verdächtig zu machen; aber doch hatte man bisher noch die Ausflucht, von ein paar großen Nationen alberne Streiche zu erzählen, die Deutschen wie die Franzosen lächerlich zu finden und bald diesen bald jenen zum Jakobiner und Klubisten zu machen. Wenn nun auch diese Quelle verstopft wird, so werden wir manche Personen wohl stumm in unserer Mitte sehen.

Ist dieser Anfall etwa auf mich gerichtet, mein Fräulein? fing der Alte lächelnd an: nun Sie wissen, daß ich mich glücklich schätze, manchmal ein Opfer für die übrige Gesellschaft zu werden. Denn, gewiß, indem Sie bei jeder Unterhaltung Ihrer fürtrefflichen Erzieherin Ehre machen, und Sie jedermann angenehm, liebenswürdig und gefällig findet; so scheinen Sie einem kleinen bösen Geist, der in Ihnen wohnt und über den Sie nicht ganz Herr werden können, für mancherlei Zwang, den Sie ihm antun, auf meine Unkosten gewöhnlich einige Entschädigung zu verschaffen. Sagen Sie mir, gnädige Frau, fuhr er fort, indem er sich gegen die Baronesse wandte: was ist in meiner Abwesenheit vorgegangen? und was für Gespräche sind aus unserm Zirkel ausgeschlossen? Die Baronesse unterrichtete ihn von allem was vorgefallen war. Aufmerksam hörte er zu und versetzte sodann: Es dürfte auch nach dieser Einrichtung manchen Personen nicht unmöglich sein, die Gesellschaft zu unterhalten und vielleicht besser und sicherer als andere.

Wir wollen es erleben, sagte Luise.

Dieses Gesetz, fuhr er fort, enthält nichts Beschwerliches für jeden Menschen, der sich mit sich selbst zu beschäftigen wußte, vielmehr wird es ihm angenehm sein, indem er dasjenige, was er sonst gleichsam verstohlen trieb, in die Gesellschaft bringen darf. Denn, nehmen Sie mir nicht übel, Fräulein, wer bildet denn die Neuigkeitsträger, die Aufpasser und Verleumder, als die Gesellschaft? Ich habe selten bei einer Lektüre, bei irgend einer Darstellung einer interessanten Materie, die Geist und Herz beleben sollten, einen Zirkel so aufmerksam und die Seelenkräfte so tätig gesehen, als wenn irgend etwas Neues, und zwar eben etwas, das einen Mitbürger oder eine Mitbürgerin heruntersetzt, vorgetragen wurde. Fragen Sie sich selbst und fragen Sie viele andere, was gibt einer Begebenheit den Reiz? Nicht ihre Wichtigkeit, nicht der Einfluß den sie hat, sondern die Neuheit. Nur das Neue scheint gewöhnlich wichtig, weil es ohne Zusammenhang Verwunderung erregt und unsere Einbildungskraft einen Augenblick in Bewegung setzt, unser Gefühl nur leicht berührt und unsern Verstand völlig in Ruhe läßt. Jeder Mensch kann, ohne die mindeste Rückkehr auf sich selbst, an allem was neu ist lebhaften Anteil nehmen; ja, da eine Folge von Neuigkeiten immer von einem Gegenstande zum andern fortreißt, so kann der großen Menschenmasse nichts willkommener sein, als ein solcher Anlaß zu ewiger Zerstreuung und eine solche Gelegenheit, Tücke und Schadenfreude auf eine bequeme und immer sich erneuernde Weise auszulassen.

Nun! rief Luise, es scheint, Sie wissen sich zu helfen; sonst ging es über einzelne Personen her, jetzt soll es das ganze menschliche Geschlecht entgelten.

Ich verlange nicht, daß Sie jemals billig gegen mich sein sollen, versetzte jener; aber so viel muß ich Ihnen sagen: wir andern, die wir von der Gesellschaft abhängen, müssen uns nach ihr bilden und richten, ja wir dürfen eher etwas tun, das ihr zuwider ist, als was ihr lästig wäre, und lästiger ist ihr in der Welt nichts, als wenn man sie zum Nachdenken und zu Betrachtungen auffordert. Alles was dahin zielt muß man ja vermeiden und allenfalls das im Stillen für sich vollbringen, was bei jeder öffentlichen Versammlung versagt ist.

Für sich, im Stillen, mögen Sie wohl allenfalls manche Flasche Wein ausgetrunken und manche schöne Stunde des Tages verschlafen haben, fiel Luise ihm ein.

Ich habe nie, fuhr der Alte fort, auf das was ich tue viel Wert gelegt: denn ich weiß, daß ich gegen andere Menschen ein großer Faulenzer bin; indessen hab' ich doch eine Sammlung gemacht, die vielleicht eben jetzt dieser Gesellschaft, wie sie gestimmt ist, manche angenehme Stunde verschaffen könnte.

Was ist es für eine Sammlung? fragte die Baronesse.

Gewiß nichts weiter als eine skandalöse Chronik, setzte Luise hinzu.

Sie irren sich, sagte der Alte.

Wir werden sehen, versetzte Luise.

Laß ihn ausreden, sagte die Baronesse: und überhaupt gewöhne dir nicht an, einem, der es auch zum Scherze leiden mag, hart und unfreundlich zu begegnen. Wir haben nicht Ursache den Unarten, die in uns stecken, auch nur im Scherze Nahrung zu geben. Sagen Sie mir, mein Freund, worin besteht Ihre Sammlung? Wird sie zu unsrer Unterhaltung dienlich und schicklich sein? Ist sie schon lange angefangen? Warum haben wir noch nichts davon gehört?

Ich will Ihnen hierüber Rechenschaft geben, versetzte der Alte. Ich lebe schon lange in der Welt und habe immer gern auf das achtgegeben, was diesem oder jenem Menschen begegnet. Zur Übersicht der großen Geschichte fühl' ich weder Kraft noch Mut, und die einzelnen Weltbegebenheiten verwirren mich; aber unter den vielen Privatgeschichten, wahren und falschen, mit denen man sich im Publikum trägt, die man sich insgeheim einander erzählt, gibt es manche, die noch einen reineren schönern Reiz haben als den Reiz der Neuheit; manche die durch eine geistreiche Wendung uns immer zu erheitern Anspruch machen; manche die uns die menschliche Natur und ihre inneren Verborgenheiten auf einen Augenblick eröffnen; andere wieder, deren sonderbare Albernheiten uns ergötzen. Aus der großen Menge, die im gemeinen Leben unsere Aufmerksamkeit und unsere Bosheit beschäftigen, und die ebenso gemein sind als die Menschen, denen sie begegnen oder die sie erzählen, habe ich diejenigen gesammelt, die mir nur irgend einen Charakter zu haben schienen, die meinen Verstand, die mein Gemüt berührten und beschäftigten, und die mir, wenn ich wieder daran dachte, einen Augenblick reiner und ruhiger Heiterkeit gewährten.

Ich bin sehr neugierig, sagte die Baronesse, zu hören, von welcher Art Ihre Geschichten sind und was sie eigentlich behandeln.

Sie können leicht denken, versetzte der Alte, daß von Prozessen und Familienangelegenheiten nicht öfters die Rede sein wird. Diese haben meistenteils nur ein Interesse für die, welche damit geplagt sind.

Luise. Und was enthalten sie denn?

Der Alte. Sie behandeln, ich will es nicht leugnen, gewöhnlich die Empfindungen, wodurch Männer und Frauen verbunden oder entzweiet, glücklich oder unglücklich gemacht, öfter aber verwirrt als aufgeklärt werden.

Luise. So? Also wahrscheinlich eine Sammlung lüsterner Späße geben Sie uns für eine feine Unterhaltung? Sie verzeihen mir, Mama, daß ich diese Bemerkung mache, sie liegt so ganz nahe, und die Wahrheit wird man doch sagen dürfen.

Der Alte. Sie sollen, hoffe ich, nichts, was ich lüstern nennen würde, in der ganzen Sammlung finden.

Luise. Und was nennen Sie denn so?

Der Alte. Ein lüsternes Gespräch, eine lüsterne Erzählung sind mir unerträglich. Denn sie stellen uns etwas Gemeines, etwas das der Rede und Aufmerksamkeit nicht wert ist, als etwas Besonderes, als etwas Reizendes vor und erregen eine falsche Begierde, anstatt den Verstand angenehm zu beschäftigen. Sie verhüllen das, was man entweder ohne Schleier ansehen, oder wovon man ganz seine Augen wegwenden sollte.

Luise. Ich verstehe Sie nicht. Sie werden uns doch Ihre Geschichten wenigstens mit einiger Zierlichkeit vortragen wollen? Sollten wir uns denn etwa mit plumpen Späßen die Ohren beleidigen lassen? Es soll wohl eine Mädchenschule werden, und Sie wollen noch Dank dafür verlangen?

Der Alte. Keins von beiden. Denn erstlich, erfahren werden Sie nichts Neues, besonders da ich schon seit einiger Zeit bemerke, daß Sie gewisse Rezensionen in den gelehrten Zeitungen niemals überschlagen.

Luise. Sie werden anzüglich.

Der Alte. Sie sind Braut und ich entschuldige Sie gerne. Ich muß Ihnen aber nur zeigen, daß ich auch Pfeile habe, die ich gegen Sie brauchen kann.

Baronesse. Ich sehe wohl, wo Sie hinaus wollen, machen Sie es aber auch ihr begreiflich.

Der Alte. Ich müßte nur wiederholen, was ich zu Anfange des Gesprächs schon gesagt habe, es scheint aber nicht, daß sie den guten Willen hat aufzumerken.

Luise. Was braucht's da guten Willen und viele Worte! Man mag es besehen wie man will, so werden es skandalöse Geschichten sein, auf eine oder die andere Weise skandalös, und weiter nichts.

Der Alte. Soll ich wiederholen, mein Fräulein, daß dem wohldenkenden Menschen nur dann etwas skandalös vorkomme, wenn er Bosheit, Übermut, Lust zu schaden, Widerwillen zu helfen bemerkt, daß er davon sein Auge wegwendet; dagegen aber kleine Fehler und Mängel lustig findet, und besonders mit seiner Betrachtung gern bei Geschichten verweilt, wo er den guten Menschen in leichtem Widerspruch mit sich selbst, seinen Begierden und seinen Vorsätzen findet; wo alberne und auf ihren Wert eingebildete Toren beschämt, zurechtgewiesen oder betrogen werden; wo jede Anmaßung auf eine natürliche, ja auf eine zufällige Weise bestraft wird; wo Vorsätze, Wünsche und Hoffnungen bald gestört, aufgehalten und vereitelt, bald unerwartet angenähert, erfüllt und bestätigt werden. Da wo der Zufall mit der menschlichen Schwäche und

Unzulänglichkeit spielt, hat er am liebsten seine stille Betrachtung, und keiner seiner Helden, deren Geschichten er bewahrt, hat von ihm weder Tadel zu besorgen noch Lob zu erwarten.

Baronesse. Ihre Einleitung erregt den Wunsch, bald ein Probestück zu hören. Ich wüßte doch nicht, daß in unserm Leben – und wir haben doch die meiste Zeit in einem Kreise zugebracht – vieles geschehen wäre, das man in eine solche Sammlung aufnehmen könnte.

Der Alte. Es kommt freilich vieles auf die Beobachter an, und was für eine Seite man den Sachen abzugewinnen weiß; aber ich will freilich nicht leugnen, daß ich auch aus alten Büchern und Traditionen manches aufgenommen habe. Sie werden mitunter alte Bekannte vielleicht nicht ungern in einer neuen Gestalt wieder antreffen. Aber eben dieses gibt mir den Vorteil, den ich auch nicht aus den Händen lassen werde: – man soll keine meiner Geschichten deuten!

Luise. Sie werden uns doch nicht verwehren, unsre Freunde und Nachbarn wieder zu kennen, und wenn es uns beliebt das Rätsel zu entziffern?

Der Alte. Keineswegs. Sie werden mir aber auch dagegen erlauben in einem solchen Falle einen alten Folianten hervorzuziehen um zu beweisen, daß diese Geschichte schon vor einigen Jahrhunderten geschehen oder erfunden worden. Ebenso werden Sie mir erlauben heimlich zu lächeln, wenn eine Geschichte für ein altes Märchen erklärt wird, die unmittelbar in unserer Nähe vorgegangen ist, ohne daß wir sie eben gerade in dieser Gestalt wieder erkennen.

Luise. Man wird mit Ihnen nicht fertig; es ist das beste wir machen Friede für diesen Abend, und Sie erzählen uns noch geschwind ein Stückchen zur Probe.

Der Alte. Erlauben Sie, daß ich Ihnen hierin ungehorsam sein darf. Diese Unterhaltung wird für die versammelte Gesellschaft aufgespart. Wir dürfen ihr nichts entziehen, und ich sage voraus: alles was ich vorzubringen habe, hat keinen Wert an sich. Wenn aber die Gesellschaft, nach einer ernsthaften Unterhaltung, auf eine kurze Zeit ausruhen, wenn sie sich, von manchem Guten schon gesättigt, nach einem leichten Nachtische umsiehet, alsdann werd' ich bereit sein, und wünsche, daß das, was ich vorsetze, nicht unschmackhaft befunden werde.

Baronesse. Wir werden uns denn schon bis morgen gedulden müssen.

Luise. Ich bin höchst neugierig, was er vorbringen wird.

Der Alte. Das sollten Sie nicht sein, Fräulein: denn gespannte Erwartung wird selten befriedigt.

Abends nach Tische, als die Baronesse zeitig in ihr Zimmer gegangen war, blieben die übrigen beisammen, und sprachen über mancherlei Nachrichten, die eben einliefen, über Gerüchte, die sich verbreiteten. Man war dabei, wie es gewöhnlich in solchen Augenblicken zu geschehen pflegt, in Zweifel, was man glauben und was man verwerfen sollte.

Der alte Hausfreund sagte darauf: Ich finde am bequemsten, daß wir dasjenige glauben, was uns angenehm ist, ohne Umstände das verwerfen, was uns unangenehm wäre, und daß wir übrigens wahr sein lassen, was wahr sein kann.

Man machte die Bemerkung, daß der Mensch auch gewöhnlich so verfahre, und durch einige Wendung des Gesprächs kam man auf die entschiedene Neigung unsrer Natur, das Wunderbare zu glauben. Man redete vom Romanhaften, vom Geisterhaften, und als der Alte einige gute Geschichten dieser Art künftig zu erzählen versprach, versetzte Fräulein Luise: Sie wären recht artig und würden vielen Dank verdienen, wenn Sie uns gleich, da wir eben in der rechten Stimmung beisammen sind, eine solche Geschichte vortrügen; wir würden aufmerksam zuhören und Ihnen dankbar sein.

Ohne sich lange bitten zu lassen, fing der Geistliche darauf mit folgenden Worten an:

Die Sängerin Antonelli

Als ich mich in Neapel aufhielt, begegnete daselbst eine Geschichte, die großes Aufsehen erregte, und worüber die Urteile sehr verschieden waren. Die einen behaupteten, sie sei völlig ersonnen, die andern, sie sei wahr, aber es stecke ein Betrug dahinter. Diese Partei war wieder untereinander selbst uneinig; sie stritten, wer dabei betrogen haben könnte? Noch andere behaupteten: es sei keinesweges ausgemacht, daß geistige Naturen nicht sollten auf Elemente und Körper wirken können, und man müsse nicht jede wunderbare Begebenheit ausschließlich entweder für Lüge oder Trug erklären. Nun zur Geschichte selbst:

Eine Sängerin, Antonelli genannt, war zu meiner Zeit der Liebling des neapolitanischen Publikums. In der Blüte ihrer Jahre, ihrer Figur, ihrer Talente fehlte ihr nichts, wodurch ein Frauenzimmer die Menge reizt und lockt, und eine kleine Anzahl Freunde entzückt und glücklich macht. Sie war nicht unempfindlich gegen Lob und Liebe; allein von Natur mäßig und verständig wußte sie die Freuden zu genießen, die beide gewähren, ohne dabei aus der Fassung zu kommen, die ihr in ihrer Lage so nötig war. Alle jungen, vornehmen, reichen Leute drängten sich zur ihr, nur wenige nahm sie auf; und wenn sie bei der Wahl ihrer Liebhaber meist ihren Augen und ihrem Herzen folgte, so zeigte sie doch bei allen kleinen Abenteuern einen festen sichern Charakter, der jeden genauen Beobachter für sie einnehmen mußte. Ich hatte Gelegenheit sie einige Zeit zu sehen, indem ich mit einem ihrer Begünstigten in nahem Verhältnisse stand.

Verschiedene Jahre waren hingegangen, sie hatte Männer genug kennen gelernt und unter ihnen viele Gecken, schwache und unzuverlässige Menschen. Sie glaubte bemerkt zu haben, daß ein Liebhaber, der in einem gewissen Sinne dem Weibe alles ist, gerade da, wo sie eines Beistandes am nötigsten bedürfte, bei Vorfällen des Lebens, häuslichen Angelegenheiten, bei augenblicklichen Entschließungen, meistenteils zu nichts wird, wenn er nicht gar seiner Geliebten, indem er nur an sich selbst denkt, schadet, und aus Eigenliebe ihr das Schlimmste zu raten, und sie zu den gefährlichsten Schritten zu verleiten sich gedrungen fühlt.

Bei ihren bisherigen Verbindungen war ihr Geist meistenteils unbeschäftigt geblieben; auch dieser verlangte Nahrung. Sie wollte endlich einen Freund haben, und kaum hatte sie dieses Bedürfnis gefühlt, so fand sich unter denen, die sich ihr zu nähern suchten, ein junger Mann, auf den sie ihr Zutrauen warf, und der es in jedem Sinne zu verdienen schien.

Es war ein Genueser, der sich um diese Zeit, einiger wichtiger Geschäfte seines Hauses wegen, in Neapel aufhielt. Bei einem sehr glücklichen Naturell hatte er die sorgfältigste Erziehung genossen. Seine Kenntnisse waren ausgebreitet, sein Geist wie sein Körper vollkommen ausgebildet, sein Betragen konnte für ein Muster gelten, wie einer, der sich keinen Augenblick vergißt, sich doch immer in andern zu vergessen scheint. Der Handelsgeist seiner Geburtsstadt ruhete auf ihm; er sah das, was zu tun war, im großen an. Doch war seine Lage nicht die glücklichste; sein Haus hatte sich in einige höchst mißliche Spekulationen eingelassen und war in gefährliche Prozesse verwickelt. Die Angelegenheiten verwirrten sich mit der Zeit noch mehr, und die Sorge, die er darüber empfand, gab ihm einen Anstrich von Traurigkeit, der ihm sehr wohl anstand, und unserm jungen Frauenzimmer noch mehr Mut machte, seine Freundschaft zu suchen, weil sie zu fühlen glaubte, daß er selbst einer Freundin bedürfe.

Er hatte sie bisher nur an öffentlichen Orten und bei Gelegenheit gesehen; sie vergönnte ihm nunmehr auf seine erste Anfrage den Zutritt in ihrem Hause, ja sie lud ihn recht dringend ein, und er verfehlte nicht zu kommen.

Sie versäumte keine Zeit, ihm ihr Zutrauen und ihren Wunsch zu entdecken. Er war verwundert und erfreut über ihren Antrag. Sie bat ihn inständig ihr Freund zu bleiben, und keine Anforderungen eines Liebhabers zu machen. Sie eröffnete ihm eine Verlegenheit, in der sie sich eben befand, und worüber er bei seinen mancherlei Verhältnissen den besten Rat geben und die schleunigste Einleitung zu ihrem Vorteil machen konnte. Er vertraute ihr dagegen seine Lage, und indem sie ihn zu erheitern und zu trösten wußte, indem sich in ihrer Gegenwart manches entwickelte, was sonst bei ihm nicht so früh erwacht wäre, schien sie auch seine Ratgeberin zu sein, und eine wechselseitige, auf die edelste Achtung, auf das schönste Bedürfnis gegründete Freundschaft hatte sich in kurzem zwischen ihnen befestigt.

Nur leider überlegt man bei Bedingungen, die man eingeht, nicht immer, ob sie möglich sind. Er hatte versprochen nur Freund zu sein, keine Ansprüche auf die Stelle eines Liebhabers zu machen, und doch konnte er sich nicht leugnen, daß ihm die von ihr begünstigten Liebhaber überall im Wege, höchst zuwider, ja ganz und gar unerträglich waren. Besonders fiel es ihm höchst schmerzlich auf, wenn ihn seine Freundin von den guten und bösen Eigenschaften eines solchen Mannes oft launig unterhielt, alle Fehler des Begünstigten genau zu kennen schien, und doch noch vielleicht selbigen Abend, gleichsam zum Spott des wertgeschätzten Freundes, in den Armen eines Unwürdigen ausruhte.

Glücklicher oder unglücklicher Weise geschah es bald, daß das Herz der Schönen frei wurde. Ihr Freund bemerkte es mit Vergnügen, und suchte ihr vorzustellen, daß der erledigte Platz ihm vor allen andern gebühre. Nicht ohne Widerstand und Widerwillen gab sie seinen Wünschen Gehör; ich fürchte, sagte sie, daß ich über diese Nachgiebigkeit das Schätzbarste auf der Welt, einen Freund verliere. Sie hatte richtig geweissagt; denn kaum hatte er eine Zeitlang in seiner doppelten Eigenschaft bei ihr gegolten, so fingen seine Launen an beschwerlicher zu werden; als Freund forderte er ihre ganze Achtung, als Liebhaber ihre ganze Neigung, und als ein verständiger und angenehmer Mann unausgesetzte Unterhaltung. Dies aber war keineswegs nach dem Sinne des lebhaften Mädchens; sie konnte sich in keine Aufopferung finden und hatte nicht Lust irgend jemand ausschließliche Rechte zuzugestehen. Sie suchte daher auf eine zarte Weise seine Besuche nach und nach zu verringern, ihn seltner zu sehen und ihn fühlen zu lassen, daß sie um keinen Preis der Welt ihre Freiheit weggebe.

Sobald er es merkte, fühlte er sich vom größten Unglück betroffen, und leider befiel ihn dieses Unheil nicht allein: seine häuslichen Angelegenheiten fingen an äußerst schlimm zu werden. Er hatte sich dabei den Vorwurf zu machen, daß er von früher Jugend an sein Vermögen als eine unerschöpfliche Quelle angesehen, daß er seine Handelsangelegenheiten versäumt, um auf Reisen und in der großen Welt eine vornehmere und reichere Figur zu spielen, als ihm seine Geburt und sein Einkommen gestatteten. Die Prozesse, auf die er seine Hoffnung setzte, gingen langsam und waren kostspielig. Er mußte deshalb einigemal nach Palermo, und während seiner letzten Reise machte das kluge Mädchen verschiedene Einrichtungen, um ihrer Haushaltung eine andere Wendung zu geben, und ihn nach und nach von sich zu entfernen. Er kam zurück, und fand sie in einer andern Wohnung, entfernt von der seinigen, und sah den Marchese von S., der damals auf die öffentlichen Lustbarkeiten und Schauspiele großen Einfluß hatte, vertraulich bei ihr aus und eingehen. Dies überwältigte ihn, und er fiel in eine schwere Krankheit. Als die Nachricht davon zu seiner Freundin gelangte, eilte sie zu ihm, sorgte für ihn, richtete seine Aufwartung ein, und als ihr nicht verborgen blieb, daß seine Kasse nicht zum besten bestellt war, ließ sie eine ansehnliche Summe zurück, die hinreichend war ihn auf einige Zeit zu beruhigen.

Durch die Anmaßung ihre Freiheit einzuschränken hatte der Freund schon viel in ihren Augen verloren; wie ihre Neigung zu ihm abnahm, hatte ihre Aufmerksamkeit auf ihn zugenommen; endlich hatte die Entdeckung, daß er in seinen eigenen Angelegenheiten so unklug gehandelt habe, ihr nicht die günstigsten Begriffe von seinem Verstande und seinem Charakter gegeben. Indessen bemerkte er die große Veränderung nicht, die in ihr vorgegangen war, vielmehr schien ihre Sorgfalt für seine Genesung, die Treue, womit sie halbe Tage lang an seinem Lager aushielt, mehr ein Zeichen ihrer Freundschaft und Liebe, als ihres Mitleids zu sein, und hoffte nach seiner Genesung in alle Rechte wieder eingesetzt zu werden.

Wie sehr irrte er sich! In der Maße wie seine Gesundheit wieder kam und seine Kräfte sich erneuerten, verschwand bei ihr jede Art von Neigung und Zutrauen, ja er schien ihr so lästig, als er ihr sonst angenehm gewesen war. Auch war seine Laune, ohne daß er es selbst bemerkte, während dieser Begebenheiten höchst bitter und verdrießlich geworden; alle Schuld, die er an seinem Schicksal haben konnte, warf er auf andere und wußte sich in allem völlig zu rechtfertigen. Er sah in sich nur einen unschuldig verfolgten, gekränkten, betrübten Mann, und hoffte völlige Entschädigung alles Übels und aller Leiden von einer vollkommenen Ergebenheit seiner Geliebten.

Mit diesen Anforderungen trat er gleich in den ersten Tagen hervor, als er wieder ausgehen und sie besuchen konnte. Er verlangte nichts weniger, als daß sie sich ihm ganz ergeben, ihre übrigen Freunde und Bekannten verabschieden, das Theater verlassen, und ganz allein mit ihm und für ihn leben sollte. Sie zeigte ihm die Unmöglichkeit seine Forderungen zu bewilligen, erst auf eine scherzhafte, dann auf eine ernsthafte Weise, und war leider endlich genötigt ihm die traurige Wahrheit, daß ihr Verhältnis gänzlich vernichtet sei, zu gestehen. Er verließ sie, und sah sie nicht wieder.

Er lebte noch einige Jahre in einem sehr eingeschränkten Kreise, oder vielmehr bloß in der Gesellschaft einer alten frommen Dame, die mit ihm in einem Hause wohnte, und sich von wenigen Renten erhielt. In dieser Zeit gewann er den einen Prozeß und bald darauf den andern; allein seine Gesundheit war untergraben und das Glück seines Lebens verloren. Bei einem geringen Anlaß fiel er abermals in eine schwere Krankheit; der Arzt kündigte ihm den Tod an. Er vernahm sein Urteil ohne Widerwillen, nur wünschte er seine schöne Freundin noch einmal zu sehen. Er schickte seinen Bedienten zu ihr, der sonst in glücklichern Zeiten manche günstige Antwort gebracht hatte. Er ließ sie bitten; sie schlug es ab. Er schickte zum zweiten Mal und ließ sie beschwören; sie beharrte auf ihrem Sinne. Endlich, es war schon tief in der Nacht, sendete er zum dritten Mal; sie ward bewegt und vertraute mir ihre Verlegenheit, denn ich war eben mit dem Marchese und einigen andern Freunden bei ihr zum Abendessen. Ich riet ihr und bat sie, dem Freunde den letzten Liebesdienst zu erzeigen; sie schien unentschlossen, aber nach einigem Nachdenken nahm sie sich zusammen. Sie schickte den Bedienten mit einer – abschlägigen Antwort weg, und er kam nicht wieder.

Wir saßen nach Tische in einem vertrauten Gespräch und waren alle heiter und gutes Muts. Es war gegen Mitternacht, als sich auf einmal eine klägliche, durchdringende, ängstliche und lange nachtönende Stimme hören ließ. Wir fuhren zusammen, sahen einander an und sahen uns um, was aus diesem Abenteuer werden sollte. Die Stimme schien an den Wänden zu verklingen, wie sie aus der Mitte des Zimmers hervorgedrungen war. Der Marchese stand auf und sprang ans Fenster, und wir andern bemühten uns um die Schöne, welche ohnmächtig da lag. Sie kam erst langsam zu sich selbst. Der eifersüchtige und heftige Italiener sah kaum ihre wieder aufgeschlagenen Augen, als er ihr bittere Vorwürfe machte. Wenn Sie mit Ihren Freunden Zeichen verabreden, sagte er, so lassen Sie doch solche weniger auffallend und heftig sein. Sie antwortete ihm mit ihrer gewöhnlichen Gegenwart des Geistes, daß, da sie jedermann und zu jeder Zeit bei sich zu sehen das Recht habe, sie wohl schwerlich solche traurige und schreckliche Töne zur Vorbereitung angenehmer Stunden wählen würde.

Und gewiß, der Ton hatte etwas unglaublich Schreckhaftes. Seine lange nachdröhnenden Schwingungen waren uns allen in den Ohren, ja in den Gliedern geblieben. Sie war blaß, entstellt und immer der Ohnmacht nahe; wir mußten die halbe Nacht bei ihr bleiben. Es ließ sich nichts weiter hören. Die andre Nacht dieselbe Gesellschaft, nicht so heiter als tags vorher, aber doch gefaßt genug, und – um dieselbige Zeit derselbe gewaltsame fürchterliche Ton.

Wir hatten indessen über die Art des Schreies und wo er herkommen möchte, unzählige Urteile gefällt, und unsre Vermutungen erschöpft. Was soll ich weitläufig sein? Sooft sie zu Hause aß, ließ er sich um dieselbige Zeit vernehmen und zwar, wie man bemerken wollte, manchmal stärker, manchmal schwächer. Ganz Neapel sprach von diesem Vorfall. Alle Leute des Hauses, alle Freunde und Bekannten nahmen den lebhaftesten Teil daran, ja die Polizei ward aufgerufen. Man stellte Spione und Beobachter aus. Denen auf der Gasse schien der Klang aus der freien Luft zu entspringen, und in dem Zimmer hörte man ihn gleichfalls ganz in unmittelbarer Nähe. Sooft sie auswärts aß, vernahm man nichts; sooft sie zu Hause war, ließ sich der Ton hören.

Aber auch außer dem Hause blieb sie nicht ganz von diesem bösen Begleiter verschont. Ihre Anmut hatte ihr den Zutritt in die ersten Häuser geöffnet. Sie war als eine gute Gesellschafterin überall willkommen, und sie hatte sich, um dem bösen Gaste zu entgehen, angewöhnt, die Abende außer dem Hause zu sein.

Ein Mann, durch sein Alter und seine Stelle ehrwürdig, führte sie eines Abends in seinem Wagen nach Hause. Als sie vor ihrer Türe von ihm Abschied nimmt, entsteht der Klang zwischen ihnen beiden, und man hebt diesen Mann, der so gut wie tausend andere die Geschichte wußte, mehr tot als lebendig in seinen Wagen.

Ein andermal fährt ein junger Tenor, den sie wohl leiden konnte, mit ihr abends durch die Stadt, eine Freundin zu besuchen. Er hatte von diesem seltsamen Phänomen reden hören und zweifelte, als ein muntrer Knabe, an einem solchen Wunder. Sie sprachen von der Begebenheit. Ich wünschte doch auch, sagte er, die Stimme Ihres unsichtbaren Begleiters zu hören; rufen Sie ihn doch auf, wir sind ja zu zweien, und werden uns nicht fürchten. Leichtsinn oder Kühnheit, ich weiß nicht was sie vermochte, genug sie ruft dem Geiste, und in dem Augenblicke entsteht mitten im Wagen der schmetternde Ton, läßt sich dreimal schnell hintereinander gewaltsam hören und verschwindet mit einem bänglichen Nachklang. Vor dem Hause ihrer Freundin fand man beide ohnmächtig im Wagen, nur mit Mühe brachte man sie wieder zu sich, und vernahm was ihnen begegnet sei.

Die Schöne brauchte einige Zeit sich zu erholen. Dieser immer erneuerte Schrecken griff ihre Gesundheit an, und das klingende Gespenst schien ihr einige Frist zu verstatten, ja sie hoffte sogar, weil es sich lange nicht wieder hören ließ, endlich völlig davon befreit zu sein. Allein diese Hoffnung war zu frühzeitig.

Nach geendigtem Karneval unternahm sie mit einer Freundin und einem Kammermädchen eine kleine Lustreise. Sie wollte einen Besuch auf dem Lande machen; es war Nacht ehe sie ihren Weg vollenden konnten, und da noch am Fuhrwerke etwas zerbrach, mußten sie in einem schlechten Wirtshaus übernachten und sich so gut als möglich einrichten.

Schon hatte die Freundin sich niedergelegt und das Kammermädchen, nachdem sie das Nachtlicht angezündet hatte, wollte eben zu ihrer Gebieterin ins andre Bette steigen, als diese scherzend zu ihr sagte: Wir sind hier am Ende der Welt, und das Wetter ist abscheulich, sollte er uns wohl hier finden können? Im Augenblick ließ er sich hören, stärker und fürchterlicher als jemals. Die Freundin glaubte nicht anders als die Hölle sei im Zimmer, sprang aus dem Bette, lief, wie sie war, die Treppe hinunter und rief das ganze Haus zusammen. Niemand tat diese Nacht ein Auge zu. Allein es war auch das letzte Mal, daß sich der Ton hören ließ. Doch hatte leider der ungebetene Gast bald eine andere lästigere Weise seine Gegenwart anzuzeigen.

Einige Zeit hatte er Ruhe gehalten als auf einmal abends zur gewöhnlichen Stunde, da sie mit ihrer Gesellschaft zu Tische saß, ein Schuß, wie aus einer Flinte oder stark geladnen Pistole, zum Fenster hereinfiel. Alle hörten den Knall, alle sahen das Feuer, aber bei näherer Untersuchung fand man die Scheibe ohne die mindeste Verletzung. Demungeachtet nahm die Gesellschaft den Vorfall sehr ernsthaft, und alle glaubten, daß man der Schönen nach dem Leben stehe. Man eilt nach der Polizei, man untersucht die benachbarten Häuser, und da man nichts Verdächtiges findet, stellt man darin den andern Tag Schildwachen von oben bis unten. Man durchsucht genau das Haus worin sie wohnt, man verteilt Spione auf der Straße.

Alle diese Vorsicht war vergebens. Drei Monate hintereinander fiel in demselbigen Augenblick der Schuß durch dieselbe Fensterscheibe ohne das Glas zu verletzen, und, was merkwürdig war, immer genau eine

Stunde vor Mitternacht, da doch gewöhnlich in Neapel nach der italienischen Uhr gezählt wird und Mitternacht daselbst eigentlich keine Epoche macht.

Man gewöhnte sich endlich an diese Erscheinung wie an die vorige, und rechnete dem Geiste seine unschädliche Tücke nicht hoch an. Der Schuß fiel manchmal ohne die Gesellschaft zu erschrecken, oder sie in ihrem Gespräch zu unterbrechen.

Eines Abends, nach einem sehr warmen Tage, öffnete die Schöne, ohne an die Stunde zu denken, das bewußte Fenster und trat mit dem Marchese auf den Balkon. Kaum standen sie einige Minuten draußen, als der Schuß zwischen ihnen beiden durchfiel und sie mit Gewalt rückwärts in das Zimmer schleuderte, wo sie ohnmächtig auf den Boden taumelten. Als sie sich wieder erholt hatten, fühlte er auf der linken, sie aber auf der rechten Wange den Schmerz einer tüchtigen Ohrfeige, und da man sich weiter nicht verletzt fand, gab der Vorfall zu mancherlei scherzhaften Bemerkungen Anlaß.

Von der Zeit an ließ sich dieser Schall im Hause nicht wieder hören, und sie glaubte nun endlich ganz von ihrem unsichtbaren Verfolger befreit zu sein, als auf einem Wege, den sie des Abends mit einer Freundin machte, ein unvermutetes Abenteuer sie nochmals auf das gewaltsamste erschreckte. Ihr Weg ging durch die Chiaja, wo ehemals der geliebte genuesische Freund gewohnt hatte. Es war heller Mondschein. Die Dame, die bei ihr saß, fragte: Ist das nicht das Haus, in welchem der Herr * gestorben ist? Es ist eins von diesen beiden, soviel ich weiß, sagte die Schöne, und in dem Augenblicke fiel aus einem dieser beiden Häuser der Schuß und drang durch den Wagen durch. Der Kutscher glaubte angegriffen zu sein und fuhr mit aller möglichen Geschwindigkeit fort. An dem Orte ihrer Bestimmung hob man die beiden Frauen für tot aus dem Wagen.

Aber dieser Schrecken war auch der letzte. Der unsichtbare Begleiter änderte seine Methode, und nach einigen Abenden erklang vor ihren Fenstern ein lautes Händeklatschen. Sie war als beliebte Sängerin und

Schauspielerin diesen Schall schon mehr gewohnt. Er hatte an sich nichts Schreckliches und man konnte ihn eher einem ihrer Bewunderer zuschreiben. Sie gab wenig darauf acht; ihre Freunde waren aufmerksamer und stellten, wie das vorige Mal, Posten aus. Sie hörten den Schall, sahen aber vor wie nach niemand, und die meisten hofften nun bald auf ein völliges Ende dieser Erscheinungen.

Nach einiger Zeit verlor sich auch dieser Klang und verwandelte sich in angenehmere Töne. Sie waren zwar nicht eigentlich melodisch, aber unglaublich angenehm und lieblich. Sie schienen den genauesten Beobachtern von der Ecke einer Querstraße her zu kommen, im leeren Luftraume bis unter das Fenster hinzuschweben und dann dort auf das sanfteste zu verklingen. Es war, als wenn ein himmlischer Geist durch ein schönes Präludium aufmerksam auf eine Melodie machen wollte, die er eben vorzutragen im Begriff sei. Auch dieser Ton verschwand endlich und ließ sich nicht mehr hören, nachdem die ganze wunderbare Geschichte etwa anderthalb Jahre gedauert hatte.

Als der Erzähler einen Augenblick innehielt, fing die Gesellschaft an ihre Gedanken und Zweifel über diese Geschichte zu äußern, ob sie wahr sei, ob sie auch wahr sein könne?

Der Alte behauptete, sie müsse wahr sein, wenn sie interessant sein solle: denn für eine erfundene Geschichte habe sie wenig Verdienst. Jemand bemerkte darauf: es scheine sonderbar, daß man sich nicht nach dem abgeschiedenen Freunde und nach den Umständen seines Todes erkundigt, weil doch daraus vielleicht einiges zur Aufklärung der Geschichte hätte genommen werden können.

Auch dieses ist geschehen, versetzte der Alte; ich war selbst neugierig genug, sogleich nach der ersten Erscheinung in sein Haus zu gehen, und unter einem Vorwand die Dame zu besuchen, welche zuletzt recht mütterlich für ihn gesorgt hatte. Sie erzählte mir, daß ihr Freund eine unglaubliche Leidenschaft für das Frauenzimmer gehegt habe, daß er die letzte Zeit seines Lebens fast allein von ihr gesprochen und sie bald als einen Engel, bald als einen Teufel vorgestellt habe.

Als seine Krankheit Überhand genommen, habe er nichts gewünscht als sie vor seinem Ende noch einmal zu sehen, wahrscheinlich in der Hoffnung, nur noch eine zärtliche Äußerung, eine Reue oder sonst irgendein Zeichen der Liebe und Freundschaft von ihr zu erzwingen. Desto schrecklicher sei ihm ihre anhaltende Weigerung gewesen, und sichtbar habe die letzte entscheidende abschlägige Antwort sein Ende beschleunigt. Verzweifelnd habe er ausgerufen: Nein, es soll ihr nichts helfen! Sie vermeidet mich; aber auch nach meinem Tode soll sie keine Ruhe vor mir haben. Mit dieser Heftigkeit verschied er und nur zu sehr mußten wir erfahren, daß man auch jenseits des Grabes Wort halten könne.

*

Die Gesellschaft fing aufs neue an über die Geschichte zu meinen und zu urteilen. Zuletzt sagte der Bruder Fritz: Ich habe einen Verdacht, den ich aber nicht eher äußern will, als bis ich nochmals alle Umstände in mein Gedächtnis zurückgerufen und meine Kombinationen besser geprüft habe.

Als man lebhafter in ihn drang, suchte er einer Antwort dadurch auszuweichen, daß er sich erbot, gleichfalls eine Geschichte zu erzählen, die zwar der vorigen an Interesse nicht gleiche, aber doch auch von der Art sei, daß man sie niemals mit völliger Gewißheit habe erklären können.

Eine Gespenstergeschichte

Bei einem wackern Edelmann, meinem Freunde, der ein altes Schloß mit einer starken Familie bewohnte, war eine Waise erzogen worden, die, als sie herangewachsen und vierzehn Jahr alt war, meist um die Dame vom Hause sich beschäftigte und die nächsten Dienste ihrer Person verrichtete. Man war mit ihr wohl zufrieden, und sie schien nichts weiter zu wünschen, als durch Aufmerksamkeit und Treue ihren Wohltätern dankbar zu sein. Sie war wohlgebildet, und es fanden sich einige Freier um sie ein. Man glaubte nicht, daß eine dieser Verbindungen zu ihrem

Glück gereichen würde, und sie zeigte auch nicht das mindeste Verlangen ihren Zustand zu ändern.

Auf einmal begab sich's, daß man, wenn das Mädchen in dem Hause Geschäfte halber herumging, unter ihr, hier und da, pochen hörte. Anfangs schien es zufällig, aber da das Klopfen nicht aufhörte und beinahe jeden ihrer Schritte bezeichnete, ward sie ängstlich und traute sich kaum aus dem Zimmer der gnädigen Frau herauszugehen, als in welchem sie allein Ruhe hatte.

Dieses Pochen ward von jedermann vernommen, der mit ihr ging oder nicht weit von ihr stand. Anfangs scherzte man darüber, endlich aber fing die Sache an unangenehm zu werden. Der Herr vom Hause, der von einem lebhaften Geist war, untersuchte nun selbst die Umstände. Man hörte das Pochen nicht eher, als bis das Mädchen ging, und nicht sowohl indem sie den Fuß aufsetzte, als indem sie ihn zum Weiterschreiten aufhob. Doch fielen die Schläge manchmal unregelmäßig, und besonders waren sie sehr stark, wenn sie quer über einen großen Saal den Weg nahm.

Der Hausvater hatte eines Tages Handwerksleute in der Nähe und ließ, da das Pochen am heftigsten war, gleich hinter ihr einige Dielen aufreißen. Es fand sich nichts, außer daß bei dieser Gelegenheit ein paar große Ratten zum Vorschein kamen, deren Jagd viel Lärm im Hause verursachte.

Entrüstet über diese Begebenheit und Verwirrung griff der Hausherr zu einem strengen Mittel, nahm seine größte Hetzpeitsche von der Wand und schwur, daß er das Mädchen bis auf den Tod prügeln wolle, wenn sich noch ein einzigmal das Pochen hören ließe. Von der Zeit an ging sie ohne Anfechtung im ganzen Hause herum, und man vernahm von dem Pochen nichts weiter.

*

Woraus man denn deutlich sieht, fiel Luise ein, daß das schöne Kind sein eignes Gespenst war, und aus irgend einer Ursache sich diesen Spaß gemacht und seine Herrschaft zum besten gehabt hatte.

Keinesweges, versetzte Fritz: denn diejenigen, welche diese Wirkung einem Geiste zuschrieben, glaubten, ein Schutzgeist wolle zwar das Mädchen aus dem Hause haben, aber ihr doch kein Leids zufügen lassen. Andere nahmen es näher und hielten dafür, daß einer ihrer Liebhaber die Wissenschaft oder das Geschick gehabt habe, diese Töne zu erregen, um das Mädchen aus dem Hause in seine Arme zu nötigen. Dem sei wie ihm wolle, das gute Kind zehrte sich über diesen Vorfall beinah völlig ab, und schien einem traurigen Geiste gleich, da sie vorher frisch, munter und die Heiterste im ganzen Hause gewesen. Aber auch eine solche körperliche Abnahme läßt sich auf mehr als eine Weise deuten.

Es ist schade, versetzte Karl, daß man solche Vorfälle nicht genau untersucht, und daß man bei Beurteilung der Begebenheiten, die uns so sehr interessieren, immer zwischen verschiedenen Wahrscheinlichkeiten schwanken muß, weil die Umstände, unter welchen solche Wunder geschehen, nicht alle bemerkt sind.

Wenn es nur nicht überhaupt so schwer wäre zu untersuchen, sagte der Alte, und in dem Augenblicke, wo etwas dergleichen begegnet, die Punkte und Momente alle gegenwärtig zu haben, worauf es eigentlich ankommt, damit man nichts entwischen lasse, worin Betrug und Irrtum sich verstecken könne. Vermag man denn einem Taschenspieler so leicht auf die Sprünge zu kommen, von dem wir doch wissen, daß er uns zum besten hat?

Kaum hatte er ausgeredet, als in der Ecke des Zimmers auf einmal ein sehr starker Knall sich hören ließ. Alle fuhren auf, und Karl sagte scherzend: Es wird sich doch kein sterbender Liebhaber hören lassen?

Er hätte gewünscht seine Worte wieder zurück zu nehmen, denn Luise ward bleich und gestand, daß sie für das Leben ihres Bräutigams zittere.

Fritz, um sie zu zerstreuen, nahm das Licht und ging nach dem Schreibtische, der in der Ecke stand. Die gewölbte Decke desselben war quer völlig durchgerissen; man hatte also die Ursache des Klanges; aber demungeachtet fiel es ihnen auf, daß dieser Schreibtisch von Röntgens bester Arbeit, der schon mehrere Jahre an demselben Platze stand, in diesem Augenblicke zufällig gerissen sein sollte. Man hatte ihn oft als Muster einer vortrefflichen und dauerhaften Tischlerarbeit gerühmt und vorgezeigt, und nun sollte er auf einmal reißen, ohne daß in der Luft die mindeste Veränderung zu spüren war.

Geschwind, sagte Karl, laßt uns zuerst diesen Umstand berichtigen und nach dem Barometer sehen.

Das Quecksilber hatte seinen Stand vollkommen, wie seit einigen Tagen; das Thermometer selbst war nicht mehr gefallen, als die Veränderung von Tag auf Nacht natürlich mit sich brachte.

Schade, daß wir nicht einen Hygrometer bei der Hand haben, rief er aus: gerade das Instrument wäre das nötigste!

Es scheint, sagte der Alte, daß uns immer die nötigsten Instrumente abgehen, wenn wir Versuche auf Geister anstellen wollen.

Sie wurden in ihren Betrachtungen durch einen Bedienten unterbrochen, der mit Hast hereinkam und meldete, daß man ein starkes Feuer am Himmel sehe, jedoch nicht wisse, ob es in der Stadt oder in der Gegend sei.

Da man durch das Vorhergehende schon empfänglicher für den Schrecken geworden war, so wurden alle mehr, als es vielleicht sonst geschehen sein würde, von der Nachricht betroffen. Fritz eilte auf das Belvedere des Hauses, wo auf einer großen horizontalen Scheibe die Karte des Landes ausführlich gezeichnet war, durch deren Hülfe man auch bei Nacht die verschiedenen Lagen der Orte ziemlich genau bestimmen konnte. Die andern blieben, nicht ohne Sorgen und Bewegung, beieinander.

Fritz kam zurück und sagte: Ich bringe keine gute Nachricht. Denn höchst wahrscheinlich ist der Brand nicht in der Stadt, sondern auf dem Gute unserer Tante. Ich kenne die Richtung sehr genau und fürchte, mich nicht zu irren. Man bedauerte die schönen Gebäude und überrechnete den Verlust. Indessen, sagte Fritz, ist mir ein wunderlicher Gedanke eingekommen, der uns wenigstens über das sonderbare Anzeichen des

Schreibtisches beruhigen kann. Vor allen Dingen wollen wir die Minute berichtigen, in der wir den Klang gehört haben. Sie rechneten zurück und es konnte etwa halb zwölfe gewesen sein.

Nun, ihr mögt lachen oder nicht, fuhr Fritz fort, will ich euch meine Mutmaßung erzählen. Ihr wißt, daß unsre Mutter schon vor mehreren Jahren einen ähnlichen, ja man möchte sagen einen gleichen Schreibtisch an unsre Tante geschenkt hat. Beide waren zu einer Zeit, aus einem Holze, mit der größten Sorgfalt von einem Meister verfertigt; beide haben sich bisher trefflich gehalten, und ich wollte wetten, daß in diesem Augenblicke mit dem Lusthause unsrer Tante der zweite Schreibtisch verbrennt, und daß sein Zwillingsbruder auch davon leidet. Ich will mich morgen selbst aufmachen und dieses seltsame Faktum so gut als möglich zu berichtigen suchen.

Ob Friedrich wirklich diese Meinung hegte, oder ob der Wunsch, seine Schwester zu beruhigen, ihm zu diesem Einfall geholfen, wollen wir nicht entscheiden; genug sie ergriffen die Gelegenheit über manche unleugbare Sympathien zu sprechen, und fanden am Ende eine Sympathie zwischen Hölzern, die auf einem Stamm erzeugt worden, zwischen Werken, die ein Künstler verfertigt, noch ziemlich wahrscheinlich. Ja sie wurden einig, dergleichen Phänomene ebensogut für Naturphänomene gelten zu lassen, als andere welche sich öfter wiederholen, die wir mit Händen greifen und doch nicht erklären können.

Überhaupt, sagte Karl, scheint mir, daß jedes Phänomen, so wie jedes Faktum an sich eigentlich das Interessante sei. Wer es erklärt oder mit andern Begebenheiten zusammenhängt, macht sich gewöhnlich eigentlich nur einen Spaß, und hat uns zum besten, wie zum Beispiel der Naturforscher und Historienschreiber. Aber eine einzelne Handlung oder Begebenheit ist interessant, nicht weil sie erklärbar oder wahrscheinlich, sondern weil sie wahr ist. Wenn gegen Mitternacht die Flamme den Schreibtisch der Tante verzehrt hat, so ist das sonderbare Reißen des unsern zu gleicher Zeit für uns eine wahre Begebenheit, sie mag übrigens erklärbar sein und zusammenhängen mit was sie will.

So tief es auch schon in der Nacht war, fühlte niemand eine Neigung zu Bette zu gehen, und Karl erbot sich gleichfalls eine Geschichte zu erzählen, die nicht minder interessant sei, ob sie sich gleich vielleicht eher erklären und begreifen lasse, als die vorigen.

Bassompierres Geschichte von der schönen Krämerin

Der Marschall von Bassompierre, sagte er, erzählt sie in seinen Memoiren; es sei mir erlaubt in seinem Namen zu reden.

Seit fünf oder sechs Monaten hatte ich bemerkt, sooft ich über die kleine Brücke ging – denn zu der Zeit war der Pont neuf noch nicht erbauet –, daß eine schöne Krämerin, deren Laden an einem Schilde mit zwei Engeln kenntlich war, sich tief und wiederholt vor mir neigte und mir so weit nachsah, als sie nur konnte. Ihr Betragen fiel mir auf, ich sah sie gleichfalls an und dankte ihr sorgfältig. Einst ritt ich von Fontainebleau nach Paris, und als ich wieder die kleine Brücke herauf kam, trat sie an ihre Ladentüre und sagte zu mir, indem ich vorbeiritt: Mein Herr, Ihre Dienerin! Ich erwiderte ihren Gruß und indem ich mich von Zeit zu Zeit umsah, hatte sie sich weiter vorgelehnt, um mir so weit als möglich nachzusehen.

Ein Bedienter nebst einem Postillon folgten mir, die ich noch diesen Abend mit Briefen an einige Damen nach Fontainebleau zurückschicken wollte. Auf meinen Befehl stieg der Bediente ab und ging zu der jungen Frau, ihr in meinem Namen zu sagen, daß ich ihre Neigung mich zu sehen und zu grüßen bemerkt hätte; ich wollte, wenn sie wünschte mich näher kennenzulernen, sie aufsuchen, wo sie verlangte.

Sie antwortete dem Bedienten: er hätte ihr keine bessere Neuigkeit bringen können, sie wollte kommen, wohin ich sie bestellte, nur mit der Bedingung, daß sie eine Nacht mit mir unter einer Decke zubringen dürfte.

Ich nahm den Vorschlag an und fragte den Bedienten, ob er nicht etwa einen Ort kenne, wo wir zusammenkommen könnten? Er antwortete, daß er sie zu einer gewissen Kupplerin führen wollte; rate mir aber, weil die

Pest sich hier und da zeige, Matratzen, Decken und Leintücher aus meinem Hause hinbringen zu lassen. Ich nahm den Vorschlag am, und er versprach mir ein gutes Bett zu bereiten.

Des Abends ging ich hin und fand eine sehr schöne Frau von ungefähr zwanzig Jahren, mit einer zierlichen Nachtmütze, einem sehr feinen Hemde, einem kurzen Unterrocke von grünwollenem Zeuge. Sie hatte Pantoffeln an den Füßen, und eine Art von Pudermantel übergeworfen. Sie gefiel mir außerordentlich, und da ich mir einige Freiheiten herausnehmen wollte, lehnte sie meine Liebkosungen mit sehr guter Art ab und verlangte mit mir zwischen zwei Leintüchern zu sein. Ich erfüllte ihr Begehren und kann sagen, daß ich niemals ein zierlicheres Weib gekannt habe, noch von irgend einer mehr Vergnügen genossen hätte. Den ändern Morgen fragte ich sie: ob ich sie nicht noch einmal sehen könnte, ich verreise erst Sonntag; und wir hatten die Nacht vom Donnerstag auf den Freitag miteinander zugebracht.

Sie antwortete mir: daß sie es gewiß lebhafter wünsche als ich; wenn ich aber nicht den ganzen Sonntag bliebe, sei es ihr unmöglich; denn nur in der Nacht vom Sonntag auf den Montag könne sie mich wiedersehen. Als ich einige Schwierigkeiten machte, sagte sie: Ihr seid wohl meiner in diesem Augenblicke schon überdrüssig und wollt nun sonntags verreisen; aber Ihr werdet bald wieder an mich denken und gewiß noch einen Tag zugeben, um eine Nacht mit mir zuzubringen.

Ich war leicht zu überreden, versprach ihr den Sonntag zu bleiben und die Nacht auf den Montag mich wieder an dem nämlichen Orte einzufinden. Darauf antwortete sie mir: Ich weiß recht gut, mein Herr, daß ich in ein schändliches Haus um Ihrentwillen gekommen bin; aber ich habe es freiwillig getan, und ich hatte ein so unüberwindliches Verlangen mit Ihnen zu sein, daß ich jede Bedingung eingegangen wäre. Aus Leidenschaft bin ich an diesen abscheulichen Ort gekommen, aber ich würde mich für eine feile Dirne halten, wenn ich zum zweiten Mal dahin zurückkehren könnte. Möge ich eines elenden Todes sterben, wenn ich außer meinem Mann und Euch irgend jemand zu Willen gewesen bin, und nach irgend einem andern verlange! Aber was täte man nicht für eine

Person, die man liebt und für einen Bassompierre? Um seinetwillen bin ich in das Haus gekommen, um eines Mannes willen, der durch seine Gegenwart diesen Ort ehrbar gemacht hat. Wollt Ihr mich noch einmal sehen, so will ich Euch bei meiner Tante einlassen.

Sie beschrieb mir das Haus aufs genaueste und fuhr fort: Ich will Euch von zehn Uhr bis Mitternacht erwarten, ja noch später, die Türe soll offen sein. Erst findet Ihr einen kleinen Gang, in dem haltet Euch nicht auf, denn die Türe meiner Tante geht da heraus. Dann stößt Euch eine Treppe sogleich entgegen, die Euch ins erste Geschoß führt, wo ich Euch mit offnen Armen empfangen werde.

Ich machte meine Einrichtung, ließ meine Leute und meine Sachen vorausgehen und erwartete mit Ungeduld die Sonntagsnacht, in der ich das schöne Weibchen wiedersehen sollte. Um zehn Uhr war ich schon am bestimmten Orte. Ich fand die Türe, die sie mir bezeichnet hatte, sogleich, aber verschlossen und im ganzen Hause Licht, das sogar von Zeit zu Zeit wie eine Flamme aufzulodern schien. Ungeduldig fing ich an zu klopfen, um meine Ankunft zu melden; aber ich hörte eine Mannsstimme, die mich fragte, wer draußen sei?

Ich ging zurück und einige Straßen auf und ab. Endlich zog mich das Verlangen wieder nach der Türe. Ich fand sie offen und eilte durch den Gang die Treppe hinauf. Aber wie erstaunt war ich, als ich in dem Zimmer ein paar Leute fand, welche Bettstroh verbrannten, und bei der Flamme, die das ganze Zimmer erleuchtete, zwei nackte Körper auf dem Tische ausgestreckt sah. Ich zog mich eilig zurück und stieß im Hinausgehen auf ein paar Totengräber, die mich fragten, was ich suchte? Ich zog den Degen, um sie mir vom Leibe zu halten, und kam nicht unbewegt von diesem seltsamen Anblick nach Hause. Ich trank sogleich drei bis vier Gläser Wein, ein Mittel gegen die pestilenzialischen Einflüsse, das man in Deutschland sehr bewährt hält, und trat, nachdem ich ausgeruhet, den ändern Tag meine Reise nach Lothringen an.

Alle Mühe, die ich mir nach meiner Rückkunft gegeben, irgend etwas von dieser Frau zu erfahren, war vergeblich. Ich ging sogar nach dem

Laden der zwei Engel; allein die Mietleute wußten nicht, wer vor ihnen darin gesessen hatte.

Dieses Abenteuer begegnete mir mit einer Person vom geringen Stande, aber ich versichere, daß ohne den unangenehmen Ausgang es eins der reizendsten gewesen wäre, deren ich mich erinnere, und daß ich niemals ohne Sehnsucht an das schöne Weibchen habe denken können.

*

Auch dieses Rätsel, versetzte Fritz, ist so leicht nicht zu lösen. Denn es bleibt zweifelhaft, ob das artige Weibchen in dem Hause mit an der Pest gestorben, oder ob sie es nur dieses Umstands wegen vermieden habe.

Hätte sie gelebt, versetzte Karl, so hätte sie ihren Geliebten gewiß auf der Gasse erwartet, und keine Gefahr hätte sie abgehalten, ihn wieder aufzusuchen. Ich fürchte immer, sie hat mit auf dem Tische gelegen.

Schweigt, sagte Luise: die Geschichte ist gar zu schrecklich! Was wird das für eine Nacht werden, wenn wir uns mit solchen Bildern zu Bette legen!

Es fällt mir noch eine Geschichte ein, sagte Karl, die artiger ist und die Bassompierre von einem seiner Vorfahren erzählt.

Eine schöne Frau, die den Ahnherrn außerordentlich liebte, besuchte ihn alle Montage auf seinem Sommerhause, wo er die Nacht mit ihr zubrachte, indem er seine Frau glauben ließ, daß er diese Zeit zu einer Jagdpartie bestimmt habe.

Zwei Jahre hatten sie sich ununterbrochen auf diese Weise gesehen, als seine Frau einigen Verdacht schöpfte, sich eines Morgens nach dem Sommerhause schlich und ihren Gemahl mit der Schönen in tiefem Schlafe antraf. Sie hatte weder Mut noch Willen sie aufzuwecken, nahm aber ihren Schleier vom Kopfe und deckte ihn über die Füße der Schlafenden.

Als das Frauenzimmer erwachte und den Schleier erblickte, tat sie einen hellen Schrei, brach in laute Klage aus und jammerte, daß sie ihren Geliebten nicht mehr wiedersehen, ja daß sie sich ihm auf hundert Meilen nicht nähern dürfe. Sie verließ ihn, nachdem sie ihm drei Geschenke, ein kleines Fruchtmaß, einen Ring und einen Becher für seine drei rechtmäßigen Töchter verehrt und ihm die größte Sorgfalt für diese Gaben anbefohlen hatte. Man hob sie sorgfältig auf, und die Abkömmlinge dieser drei Töchter glaubten die Ursache manches glücklichen Ereignisses in dem Besitz dieser Gabe zu finden.

Das sieht nun schon eher dem Märchen der schönen Melusine und andern dergleichen Feengeschichten ähnlich, sagte Luise.

Und doch hat sich eine solche Tradition, versetzte Friedrich, und ein ähnlicher Talisman in unserm Hause erhalten.

Wie wäre denn das? fragte Karl.

Es ist ein Geheimnis, versetzte jener: nur der älteste Sohn darf es allenfalls bei Lebzeiten des Vaters erfahren, und nach seinem Tode das Kleinod besitzen.

Du hast es also in Verwahrung? fragte Luise.

Ich habe wohl schon zu viel gesagt, versetzte Friedrich, indem er das Licht anzündete um sich hinweg zu begeben.

Die Familie hatte zusammen, wie gewöhnlich, das Frühstück eingenommen und die Baronesse saß wieder an ihrem Stickrahmen. Nach einem kurzen allgemeinen Stillschweigen begann der geistliche Hausfreund mit einigem Lächeln: Es ist zwar selten, daß Sänger, Dichter und Erzähler, die eine Gesellschaft zu unterhalten versprechen, es zur rechten Zeit tun; vielmehr lassen sie sich gewöhnlich, wo sie willig sein sollten, sehr dringend bitten, und sind zudringlich, wenn man ihren Vortrag gern ablehnen möchte. Ich hoffe daher eine Ausnahme zu machen, wenn ich anfrage, ob Ihnen in diesem Augenblicke gelegen sei, irgend eine Geschichte anzuhören?

Recht gerne, versetzte die Baronesse, und ich glaube es werden alle übrigen mit mir übereinstimmen. Doch wenn Sie uns eine Geschichte zur Probe geben wollen, so muß ich Ihnen sagen, welche Art ich nicht liebe. Jene Erzählungen machen mir keine Freude, bei welchen, nach Weise der

Tausendundeinen Nacht, eine Begebenheit in die andere eingeschachtelt, ein Interesse durch das andere verdrängt wird; wo sich der Erzähler genötigt sieht, die Neugierde, die er auf eine leichtsinnige Weise erregt hat, durch Unterbrechung zu reizen, und die Aufmerksamkeit, anstatt sie durch eine vernünftige Folge zu befriedigen, nur durch seltsame und keineswegs lobenswürdige Kunstgriffe aufzuspannen. Ich tadle das Bestreben, aus Geschichten, die sich der Einheit des Gedichts nähern sollen, rhapsodische Rätsel zu machen und den Geschmack immer tiefer zu verderben. Die Gegenstände Ihrer Erzählungen gebe ich Ihnen ganz frei, aber lassen Sie uns wenigstens an der Form sehen, daß wir in guter Gesellschaft sind. Geben Sie uns zum Anfang eine Geschichte von wenig Personen und Begebenheiten, die gut erfunden und gedacht ist, wahr, natürlich und nicht gemein, so viel Handlung als unentbehrlich und so viel Gesinnung als nötig; die nicht still steht, sich nicht auf einem Flecke zu langsam bewegt, sich aber auch nicht übereilt; in der die Menschen erscheinen wie man sie gern mag, nicht vollkommen, aber gut, nicht außerordentlich, aber interessant und liebenswürdig. Ihre Geschichte sei unterhaltend, so lange wir sie hören, befriedigend, wenn sie zu Ende ist, und hinterlasse uns einen stillen Reiz weiter nachzudenken.

Kennte ich Sie nicht besser, gnädige Frau, versetzte der Geistliche, so würde ich glauben, Ihre Absicht sei, mein Warenlager, noch eh' ich irgend etwas davon ausgekramt habe, durch diese hohen und strengen Forderungen völlig in Mißkredit zu setzen. Wie selten möchte man Ihnen nach Ihrem Maßstab Genüge leisten können. Selbst in diesem Augenblicke, fuhr er fort, als er ein wenig nachgedacht, nötigen Sie mich, die Erzählung die ich im Sinne hatte, zurückzustellen und auf eine andere Zeit zu verlegen; und ich weiß wirklich nicht, ob ich mich in der Eile vergreife, wenn ich eine alte Geschichte, an die ich aber immer mit einiger Vorliebe gedacht habe, sogleich aus dem Stegreife vorzutragen anfange.

Der Prokurator

In einer italienischen Seestadt lebte vor Zeiten ein Handelsmann, der sich von Jugend auf durch Tätigkeit und Klugheit auszeichnete. Er war dabei ein guter Seemann und hatte große Reichtümer erworben, indem er selbst nach Alexandria zu schiffen, kostbare Waren zu erkaufen oder einzutauschen pflegte, die er alsdann zu Hause wieder abzusetzen oder in die nördlichen Gegenden Europens zu versenden wußte. Sein Vermögen wuchs von Jahr zu Jahr um so mehr, als er in seiner Geschäftigkeit selbst das größte Vergnügen fand, und ihm keine Zeit zu kostspieligen Zerstreuungen übrig blieb.

Bis in sein fünfzigstes Jahr hatte er sich auf diese Weise emsig fortbeschäftigt, und ihm war von den geselligen Vergnügungen wenig bekannt worden, mit welchen ruhige Bürger ihr Leben zu würzen verstehen; eben so wenig hatte das schöne Geschlecht, bei allen Vorzügen seiner Landsmänninnen, seine Aufmerksamkeit weiter erregt, als insofern er ihre Begierde nach Schmuck und Kostbarkeiten sehr wohl kannte, und sie gelegentlich zu nutzen wußte.

Wie wenig versah er sich daher auf die Veränderung, die in seinem Gemüte vorgehen sollte, als eines Tages sein reich beladen Schiff in den Hafen seiner Vaterstadt einlief, eben an einem jährlichen Feste, das besonders der Kinder wegen gefeiert wurde. Knaben und Mädchen pflegten nach dem Gottesdienste in allerlei Verkleidungen sich zu zeigen, bald in Prozessionen, bald in Scharen durch die Stadt zu scherzen, und sodann im Felde auf einem großen freien Platz allerhand Spiele zu treiben, Kunststücke und Geschicklichkeiten zu zeigen, und in artigem Wettstreit ausgesetzte kleine Preise zu gewinnen.

Anfangs wohnte unser Seemann dieser Feier mit Vergnügen bei; als er aber die Lebenslust der Kinder und die Freude der Eltern daran lange betrachtet und so viele Menschen im Genuß einer gegenwärtigen Freude und der angenehmsten aller Hoffnungen gefunden hatte, mußte ihm, bei einer Rückkehr auf sich selbst, sein einsamer Zustand äußerst auffallen.

Sein leeres Haus fing zum erstenmal an, ihm ängstlich zu werden, und er klagte sich selbst in seinen Gedanken an.

O ich Unglückseliger! Warum gehn mir so spät die Augen auf? Warum erkenne ich erst im Alter jene Güter, die allein den Menschen glücklich machen? So viel Mühe! So viel Gefahren! Was haben sie mir verschafft? Sind gleich meine Gewölbe voll Waren, meine Kisten voll edler Metalle, und meine Schränke voll Schmuck und Kleinodien, so können doch diese Güter mein Gemüt weder erheitern noch befriedigen. Je mehr ich sie aufhäufe, desto mehr Gesellen scheinen sie zu verlangen; ein Kleinod fordert das andere, ein Goldstück das andere. – Sie erkennen mich nicht für den Hausherrn; sie rufen mir ungestüm zu: geh und eile, schaffe noch mehr unsersgleichen herbei! Gold erfreut sich nur des Goldes, das Kleinod des Kleinodes. So gebieten sie mir schon die ganze Zeit meines Lebens, und erst spät fühle ich, daß mir in allem diesem kein Genuß bereitet ist. Leider jetzt, da die Jahre kommen, fange ich an zu denken und sage zu mir: du genießest diese Schätze nicht, und niemand wird sie nach dir genießen! Hast du jemals eine geliebte Frau damit geschmückt? Hast du eine Tochter damit ausgestattet? Hast du einen Sohn in den Stand gesetzt, sich die Neigung eines guten Mädchens zu gewinnen und zu befestigen? Niemals! Von allen deinen Besitztümern hast du, hat niemand der Deinigen etwas besessen, und was du mühsam zusammengebracht hast, wird nach deinem Tode ein Fremder leichtfertig verprassen.

O wie anders werden heute abend jene glücklichen Eltern ihre Kinder um den Tisch versammeln, ihre Geschicklichkeit preisen, und sie zu guten Taten aufmuntern! Welche Lust glänzte aus ihren Augen, und welche Hoffnung schien aus dem Gegenwärtigen zu entspringen! Solltest du denn aber selbst gar keine Hoffnung fassen können? Bist du denn schon ein Greis? Ist es nicht genug, die Versäumnis einzusehen, jetzt, da noch nicht aller Tage Abend gekommen ist? Nein, in deinem Alter ist es noch nicht töricht, ans Freien zu denken, mit deinen Gütern wirst du ein braves Weib erwerben und glücklich machen; und siehst du noch Kinder in deinem Hause, so werden dir diese spätern Früchte den größten Genuß geben, anstatt daß sie oft denen, die sie zu früh vom Himmel erhalten, zur Last werden und zur Verwirrung gereichen.

Als er durch dieses Selbstgespräch seinen Vorsatz bei sich befestigt hatte, rief er zwei Schiffsgesellen zu sich und eröffnete ihnen seine Gedanken. Sie, die gewohnt waren in allen Fällen willig und bereit zu sein, fehlten auch diesmal nicht, und eilten, sich in der Stadt nach den jüngsten und schönsten Mädchen zu erkundigen: denn ihr Patron, da er einmal nach dieser Ware lüstern ward, sollte auch die beste finden und besitzen.

Er selbst feierte so wenig als seine Abgesandten. Er ging, fragte, sah und hörte, und fand bald was er suchte in einem Frauenzimmer, das in diesem Augenblick das schönste der ganzen Stadt genannt zu werden verdiente, ungefähr sechzehn Jahre alt, wohlgebildet und gut erzogen, deren Gestalt und Wesen das Angenehmste zeigte, und das Beste versprach.

Nach einer kurzen Unterhandlung, durch welche der vorteilhafteste Zustand, sowohl bei Lebzeiten als nach dem Tode des Mannes, der Schönen versichert war, vollzog man die Heirat mit großer Pracht und Lust, und von diesem Tage an fühlte sich unser Handelsmann zum erstenmal im wirklichen Besitz und Genuß seiner Reichtümer. Nun verwandte er mit Freuden die schönsten und reichsten Stoffe zur Bekleidung des schönen Körpers, die Juwelen glänzten ganz anders an der Brust und in den Haaren seiner Geliebten, als ehemals im Schmuckkästchen, und die Ringe erhielten einen unendlichen Wert von der Hand, die sie trug.

So fühlte er sich nicht allein so reich, sondern reicher als bisher, indem seine Güter sich durch Teilnehmung und Anwendung zu vermehren schienen. Auf diese Weise lebte das Paar fast ein Jahr lang in der größten Zufriedenheit, und er schien seine Liebe zu einem tätigen und herumstreifenden Leben gegen das Gefühl häuslicher Glückseligkeit gänzlich vertauscht zu haben. Aber eine alte Gewohnheit legt sich so leicht nicht ab, und eine Richtung, die wir früh genommen, kann wohl einige Zeit abgelenkt, aber nie ganz unterbrochen werden.

So hatte auch unser Handelsmann oft, wenn er andere sich einschiffen oder glücklich in den Hafen zurückkehren sah, wieder die Regungen seiner alten Leidenschaft gefühlt, ja er hatte selbst in seinem Hause, an der Seite seiner Gattin, manchmal Unruhe und Unzufriedenheit empfunden. Dieses Verlangen vermehrte sich mit der Zeit und verwandelte sich zuletzt in eine solche Sehnsucht, daß er sich äußerst unglücklich fühlen mußte, und zuletzt wirklich krank ward.

Was soll nun aus dir werden? sagte er zu sich selbst. Du erfährst nun, wie töricht es ist, in späten Jahren eine alte Lebensweise gegen eine neue zu vertauschen. Wie sollen wir das, was wir immer getrieben und gesucht haben, aus unsern Gedanken, ja aus unsern Gliedern wieder herausbringen? Und wie geht es mir nun? Der ich bisher wie ein Fisch das Wasser, wie ein Vogel die freie Luft geliebt, da ich mich in einem Gebäude bei allen Schätzen und bei der Blume aller Reichtümer, bei einer schönen jungen Frau eingesperrt habe? Anstatt daß ich dadurch hoffte Zufriedenheit zu gewinnen und meiner Güter zu genießen, so scheint es mir, daß ich alles verliere, indem ich nichts weiter erwerbe. Mit Unrecht hält man die Menschen für Toren, welche in rastloser Tätigkeit Güter auf Güter zu häufen suchen; denn die Tätigkeit ist das Glück, und für den, der die Freuden eines ununterbrochenen Bestrebens empfinden kann, ist der erworbene Reichtum ohne Bedeutung. Aus Mangel an Beschäftigung werde ich elend, aus Mangel an Bewegung krank, und wenn ich keinen andern Entschluß fasse, so bin ich in kurzer Zeit dem Tode nahe.

Freilich ist es ein gewagtes Unternehmen, sich von einer jungen liebenswürdigen Frau zu entfernen. Ist es billig, um ein reizendes und reizbares Mädchen zu freien, und sie nach einer kurzen Zeit sich selbst, der langen Weile, ihren Empfindungen und Begierden zu überlassen? Spazieren diese jungen seidnen Herren nicht schon jetzt vor meinen Fenstern auf und ab? Suchen sie nicht schon jetzt, in der Kirche und in Gärten, die Aufmerksamkeit meines Weibchens an sich zu ziehen? und was wird erst geschehen, wenn ich weg bin? Soll ich glauben, daß mein Weib durch ein Wunder gerettet werden könnte? Nein, in ihrem Alter, bei ihrer Konstitution wäre es töricht zu hoffen, daß sie sich der Freuden der Liebe enthalten könnte. Entfernst du dich, so wirst du bei deiner Rückkunft die Neigung deines Weibes, und ihre Treue zugleich mit der Ehre deines Hauses verloren haben.

Diese Betrachtungen und Zweifel, mit denen er sich eine Zeit lang quälte, verschlimmerten den Zustand, in dem er sich befand, aufs äußerste. Seine Frau, seine Verwandten und Freunde betrübten sich um ihn, ohne daß sie die Ursache seiner Krankheit hätten entdecken können. Endlich ging er nochmals bei sich zu Rate und rief nach einiger Überlegung aus: Törichter Mensch! du lassest es dir so sauer werden, ein Weib zu bewahren, das du doch bald, wenn dein Übel fortdauert, sterbend hinter dir und einem andern lassen mußt. Ist es nicht wenigstens klüger und besser, du suchst das Leben zu erhalten, wenn du gleich in Gefahr kommst, an ihr dasjenige zu verlieren, was als das höchste Gut der Frauen geschätzt wird. Wie mancher Mann kann durch seine Gegenwart den Verlust dieses Schatzes nicht hindern, und vermißt geduldig, was er nicht erhalten kann. Warum solltest du nicht Mut haben, dich eines solchen Gutes zu entschlagen, da von diesem Entschlusse dein Leben abhängt.

Mit diesen Worten ermannte er sich und ließ seine Schiffsgesellen rufen. Er trug ihnen auf, nach gewohnter Weise ein Fahrzeug zu befrachten, und alles bereitzuhalten, daß sie bei dem ersten günstigen Winde auslaufen könnten. Darauf erklärte er sich gegen seine Frau folgendermaßen:

Laß dich nicht befremden, wenn du in dem Hause eine Bewegung siehst, woraus du schließen kannst, daß ich mich zu einer Abreise anschicke. Betrübe dich nicht, wenn ich dir gestehe, daß ich abermals eine Seefahrt zu unternehmen gedenke. Meine Liebe zu dir ist noch immer dieselbe, und sie wird es gewiß in meinem ganzen Leben bleiben. Ich erkenne den Wert des Glücks, das ich bisher an deiner Seite genoß, und würde ihn noch reiner fühlen, wenn ich mir nicht oft Vorwürfe der Untätigkeit und Nachlässigkeit im stillen machen müßte. Meine alte Neigung wacht wieder auf und meine alte Gewohnheit zieht mich wieder an. Erlaube mir, daß ich den Markt von Alexandrien wieder sehe, den ich jetzt mit größerem Eifer besuchen werde, weil ich dort die köstlichsten Stoffe und die edelsten Kostbarkeiten für dich zu gewinnen denke. Ich lasse dich im Besitz aller meiner Güter und meines Vermögens; bediene dich dessen und vergnüge dich mit deinen Eltern und Verwandten. Die Zeit der Abwesenheit geht auch vorüber, und mit vielfacher Freude werden wir uns wieder sehen.

Nicht ohne Tränen machte ihm die liebenswürdige Frau die zärtlichsten Vorwürfe, versicherte: daß sie ohne ihn keine fröhliche Stunde hinbringen werde, und bat ihn nur, da sie ihn weder halten könne, noch einschränken wolle, daß er ihrer auch in der Abwesenheit zum besten gedenken möge.

Nachdem er darauf Verschiedenes mit ihr über einige Geschäfte und häusliche Angelegenheiten gesprochen, sagte er nach einer kleinen Pause: Ich habe nun noch etwas auf dem Herzen, davon du mir frei zu reden erlauben mußt; nur bitte ich dich aufs herzlichste, nicht zu mißdeuten was ich sage, sondern auch selbst in dieser Besorgnis meine Liebe zu erkennen.

Ich kann es erraten, versetzte die Schöne darauf, du bist meinetwegen besorgt, indem du nach Art der Männer unser Geschlecht ein für allemal für schwach hältst. Du hast mich bisher jung und froh gekannt, und nun glaubst du, daß ich in deiner Abwesenheit leichtsinnig und verführbar sein werde. Ich schelte diese Sinnesart nicht, denn sie ist bei euch Männern gewöhnlich; aber wie ich mein Herz kenne, darf ich dir versichern, daß nichts so leicht Eindruck auf mich machen, und kein möglicher Eindruck so tief wirken soll, um mich von dem Wege abzuleiten, auf dem ich bisher an der Hand der Liebe und Pflicht hinwandelte. Sei ohne Sorgen; du sollst deine Frau so zärtlich und treu bei deiner Rückkunft wieder finden, als du sie abends fandest, wenn du nach einer kleinen Abwesenheit in meine Arme zurückkehrtest.

Diese Gesinnungen traue ich dir zu, versetzte der Gemahl, und bitte dich darin zu verharren. Laß uns aber an die äußersten Fälle denken; warum soll man sich nicht auch darauf vorsehen? Du weißt wie sehr deine schöne und reizende Gestalt die Augen unserer jungen Mitbürger auf sich zieht; sie werden sich in meiner Abwesenheit noch mehr als bisher um dich bemühen; sie werden sich dir auf alle Weise zu nähern, ja zu gefallen suchen. Nicht immer wird das Bild deines Gemahls, wie jetzt seine Gegenwart, sie von deiner Türe und deinem Herzen verscheuchen. Du bist ein edles und gutes Kind, aber die Forderungen der Natur sind rechtmäßig und gewaltsam; sie stehen mit unserer Vernunft beständig im Streite und tragen gewöhnlich den Sieg davon. Unterbrich mich nicht. Du wirst gewiß in meiner Abwesenheit, selbst bei dem pflichtmäßigen Andenken an mich, das Verlangen empfinden, wodurch das Weib den Mann anzieht, und von ihm angezogen wird. Ich werde eine Zeitlang der Gegenstand deiner Wünsche sein; aber wer weiß was für Umstände zusammentreffen, was für Gelegenheiten sich finden, und ein anderer wird in der Wirklichkeit ernten, was die Einbildungskraft mir zugedacht hatte. Werde nicht ungeduldig, ich bitte dich, höre mich aus!

Sollte der Fall kommen, dessen Möglichkeit du leugnest, und den ich auch nicht zu beschleunigen wünsche, daß du ohne die Gesellschaft eines Mannes nicht länger bleiben, die Freuden der Liebe nicht wohl entbehren könntest: so versprich mir nur, an meine Stelle keinen von den leichtsinnigen Knaben zu wählen, die, so artig sie auch aussehen mögen, der Ehre noch mehr als der Tugend einer Frau gefährlich sind. Mehr durch Eitelkeit als durch Begierde beherrscht, bemühen sie sich um eine jede, und finden nichts natürlicher, als eine der andern aufzuopfern. Fühlst du dich geneigt, dich nach einem Freunde umzusehen, so forsche nach einem, der diesen Namen verdient, der bescheiden und verschwiegen die Freuden der Liebe noch durch die Wohltat des Geheimnisses zu erheben weiß.

Hier verbarg die schöne Frau ihren Schmerz nicht länger und die Tränen, die sie bisher zurückgehalten hatte, stürzten reichlich aus ihren Augen. Was du auch von mir denken magst, rief sie nach einer leidenschaftlichen Umarmung aus, so ist doch nichts entfernter von mir, als das Verbrechen, das du gewissermaßen für unvermeidlich hältst. Möge, wenn jemals auch nur ein solcher Gedanke in mir entsteht, die Erde sich auftun, und mich verschlingen und möge alle Hoffnung der Seligkeit mir entrissen werden, die uns eine so reizende Fortdauer unsers Daseins verspricht! Entferne das Mißtrauen aus deiner Brust, und laß mir die ganze reine Hoffnung, dich bald wieder in meinen Armen zu sehen.

Nachdem er auf alle Weise seine Gattin zu beruhigen gesucht, schiffte er sich den andern Morgen ein; seine Fahrt war glücklich und er gelangte bald nach Alexandrien.

Indessen lebte seine Gattin in dem ruhigen Besitz eines großen Vermögens nach aller Lust und Bequemlichkeit, jedoch eingezogen, und pflegte außer ihren Eltern und Verwandten niemand zu sehen; und indem die Geschäfte ihres Mannes durch getreue Diener fortgeführt wurden, bewohnte sie ein großes Haus, in dessen prächtigen Zimmern sie mit Vergnügen täglich das Andenken ihres Gemahls erneuerte.

So sehr sie aber auch sich stille hielt, und eingezogen lebte, waren doch die jungen Leute der Stadt nicht untätig geblieben. Sie versäumten nicht, häufig vor ihrem Fenster vorbeizugehen, und suchten des Abends durch Musik und Gesänge ihre Aufmerksamkeit auf sich zu ziehen. Die schöne Einsame fand anfangs diese Bemühungen unbequem und lästig, doch gewöhnte sie sich bald daran, und ließ an den langen Abenden, ohne sich zu bekümmern, woher sie kämen, die Serenaden als eine angenehme Unterhaltung sich gefallen, und konnte dabei manchen Seufzer, der ihrem Abwesenden galt, nicht zurückhalten.

Anstatt daß ihre unbekannten Verehrer, wie sie hoffte, nach und nach müde geworden wären, schienen sich ihre Bemühungen noch zu vermehren und zu einer beständigen Dauer anzulassen. Sie konnte nun die wiederkehrenden Instrumente und Stimmen, die wiederholten Melodien schon unterscheiden, und bald sich die Neugierde nicht mehr versagen, zu wissen, wer die Unbekannten, und besonders wer die Beharrlichen sein möchten. Sie durfte sich zum Zeitvertreib eine solche Teilnahme wohl erlauben.

Sie fing daher an, von Zeit zu Zeit durch ihre Vorhänge und Halbläden nach der Straße zu sehen, auf die Vorbeigehenden zu merken, und besonders die Männer zu unterscheiden, die ihre Fenster am längsten im

Auge behielten. Es waren meist schöne, wohlgekleidete, junge Leute, die aber freilich in Gebärden sowohl als in ihrem ganzen Äußern ebenso viel Leichtsinn als Eitelkeit sehen ließen. Sie schienen mehr durch ihre Aufmerksamkeit auf das Haus der Schönen sich merkwürdig machen, als jener eine Art von Verehrung beweisen zu wollen.

Wahrlich, sagte die Dame manchmal scherzend zu sich selbst, mein Mann hat einen klugen Einfall gehabt! Durch die Bedingung, unter der er mir einen Liebhaber zugesteht, schließt er alle diejenigen aus, die sich um mich bemühen, und die mir allenfalls gefallen könnten. Er weiß wohl, daß Klugheit, Bescheidenheit und Verschwiegenheit Eigenschaften eines ruhigen Alters sind, die zwar unser Verstand schätzt, die aber unsre Einbildungskraft keineswegs aufzuregen, noch unsre Neigung anzureizen imstande sind. Vor diesen, die mein Haus mit ihren Artigkeiten belagern, bin ich sicher daß sie kein Vertrauen erwecken, und die, denen ich mein Vertrauen schenken könnte, finde ich nicht im mindesten liebenswürdig.

In der Sicherheit dieser Gedanken erlaubte sie sich immer mehr, dem Vergnügen an der Musik und an der Gestalt der vorbeigehenden Jünglinge nachzuhängen; und ohne daß sie es merkte, wuchs nach und nach ein unruhiges Verlangen in ihrem Busen, dem sie nur zu spät zu widerstehen gedachte. Die Einsamkeit und der Müßiggang, das bequeme, gute und reichliche Leben waren ein Element, in welchem sich eine unregelmäßige Begierde früher, als das gute Kind dachte, entwickeln mußte.

Sie fing nun an, jedoch mit stillen Seufzern, unter den Vorzügen ihres Gemahls auch seine Welt- und Menschenkenntnis, besonders die Kenntnis des weiblichen Herzens zu bewundern. So war es also doch möglich, was ich ihm so lebhaft abstritt, sagte sie zu sich selbst, und so war es also doch nötig, in einem solchen Falle mir Vorsicht und Klugheit anzuraten! Doch was können Vorsicht und Klugheit, da wo der unbarmherzige Zufall nur mit einem unbestimmten Verlangen zu spielen scheint. Wie soll ich den wählen, den ich nicht kenne, und bleibt bei näherer Bekanntschaft noch eine Wahl übrig?

Mit solchen und hundert andern Gedanken vermehrte die schöne Frau das Übel, das bei ihr schon weit genug um sich gegriffen hatte. Vergebens suchte sie sich zu zerstreuen; jeder angenehme Gegenstand machte ihre Empfindung rege, und ihre Empfindung brachte, auch in der tiefsten Einsamkeit, angenehme Bilder in ihrer Einbildungskraft hervor.

In solchem Zustande befand sie sich, als sie unter andern Stadtneuigkeiten von ihren Verwandten vernahm, es sei ein junger Rechtsgelehrter, der zu Bologna studiert habe, soeben in seine Vaterstadt zurückgekommen. Man wußte nicht genug zu seinem Lobe zu sagen. Bei außerordentlichen Kenntnissen zeigte er eine Klugheit und Gewandtheit, die sonst Jünglingen nicht eigen ist, und bei einer sehr reizenden Gestalt die größte Bescheidenheit. Als Prokurator hatte er bald das Zutrauen der Bürger und die Achtung der Richter gewonnen. Täglich fand er sich auf dem Rathause ein, um daselbst seine Geschäfte zu besorgen und zu betreiben.

Die Schöne hörte die Schilderung eines so vollkommenen Mannes nicht ohne Verlangen, ihn näher kennen zu lernen, und nicht ohne stillen Wunsch, in ihm denjenigen zu finden, dem sie ihr Herz, selbst nach der Vorschrift ihres Mannes, übergeben könnte. Wie aufmerksam ward sie daher, als sie vernahm, daß er täglich vor ihrem Hause vorbeigehe; wie sorgfältig beobachtete sie die Stunde, in der man auf dem Rathause sich zu versammeln pflegte. Nicht ohne Bewegung sah sie ihn endlich vorbeigehen; und wenn seine schöne Gestalt und seine Jugend für sie notwendig reizend sein mußten, so war seine Bescheidenheit von der andern Seite dasjenige was sie in Sorgen versetzte.

Einige Tage hatte sie ihn heimlich beobachtet und konnte nun dem Wunsche nicht länger widerstehen, seine Aufmerksamkeit auf sich zu ziehen. Sie kleidete sich mit Sorgfalt, trat auf den Balkon, und das Herz schlug ihr, als sie ihn die Straße herkommen sah. Allein wie betrübt, ja beschämt war sie, als er wie gewöhnlich mit bedächtigen Schritten, in sich gekehrt und mit niedergeschlagenen Augen, ohne sie auch nur zu bemerken, auf das zierlichste seines Weges vorbeiging.

Vergebens versuchte sie mehrere Tage hintereinander auf eben diese Weise von ihm bemerkt zu werden. Immer ging er seinen gewöhnlichen Schritt, ohne die Augen aufzuschlagen oder da- und dorthin zu wenden. Je mehr sie ihn aber ansah, desto mehr schien er ihr derjenige zu sein, dessen sie so sehr bedurfte. Ihre Neigung ward täglich lebhafter, und, da sie ihr nicht widerstand, endlich ganz und gar gewaltsam. Wie! sagte sie zu sich selbst, nachdem dein edler verständiger Mann den Zustand vorausgesehen, in dem du dich in seiner Abwesenheit befinden würdest, da seine Weissagung eintrifft, daß du ohne Freund und Günstling nicht leben kannst, sollst du dich nun verehren und abhärmen, zu der Zeit, da dir das Glück einen Jüngling zeigt, völlig nach deinem Sinne, nach dem Sinne deines Gatten, einen Jüngling, mit dem du die Freuden der Liebe in einem undurchdringlichen Geheimnis genießen kannst? Töricht, wer die Gelegenheit versäumt, töricht, wer der gewaltsamen Liebe widerstehen will.

Mit solchen und vielen andern Gedanken suchte sich die schöne Frau in ihrem Vorsatze zu stärken, und nur kurze Zeit ward sie noch von Ungewißheit hin und her getrieben. Endlich aber, wie es begegnet, daß eine Leidenschaft, welcher wir lange widerstehen, uns zuletzt auf einmal dahin reißt, und unser Gemüt dergestalt erhöht, daß wir auf Besorgnis und Furcht, Zurückhaltung und Scham, Verhältnisse und Pflichten, mit Verachtung als auf kleinliche Hindernisse zurücksehen, so faßte sie auf einmal den raschen Entschluß, ein junges Mädchen, das ihr diente, zu dem geliebten Manne zu schicken und, es koste nun was es wolle, zu seinem Besitze zu gelangen.

Das Mädchen eilte und fand ihn, als er eben mit vielen Freunden zu Tische saß, und richtete ihren Gruß, den ihre Frau sie gelehrt hatte, pünktlich aus. Der junge Prokurator wunderte sich nicht über diese Botschaft; er hatte den Handelsmann in seiner Jugend gekannt, er wußte, daß er gegenwärtig abwesend war, und ob er gleich von seiner Heirat nur von weitem gehört hatte, vermutete er doch, daß die zurückgelassene Frau, in der Abwesenheit ihres Mannes, wahrscheinlich in einer wichtigen Sache seines rechtlichen Beistandes bedürfe. Er antwortete deswegen dem

Mädchen auf das verbindlichste und versicherte, daß er, sobald man von der Tafel aufgestanden, nicht säumen würde, ihrer Gebieterin aufzuwarten. Mit unaussprechlicher Freude vernahm die schöne Frau, daß sie den Geliebten nun bald sehen und sprechen sollte. Sie eilte, sich aufs beste anzuziehen, und ließ geschwind ihr Haus und ihre Zimmer auf das reinlichste ausputzen. Orangenblätter und Blumen wurden gestreut, der Sofa mit den köstlichsten Teppichen bedeckt. So ging die kurze Zeit, die er ausblieb, beschäftigt hin, die ihr sonst unerträglich lang geworden wäre.

Mit welcher Bewegung ging sie ihm entgegen, als er endlich ankam, mit welcher Verwirrung hieß sie ihn, indem sie sich auf das Ruhebette niederließ, auf ein Taburett sitzen, das zunächst dabei stand! Sie verstummte in seiner so erwünschten Nähe, sie hatte nicht bedacht, was sie ihm sagen wollte; auch er war still und saß bescheiden vor ihr. Endlich ermannte sie sich und sagte nicht ohne Sorge und Beklommenheit:

Sie sind noch nicht lange in Ihrer Vaterstadt wieder angekommen, mein Herr, und schon sind Sie allenthalben für einen talentreichen und zuverlässigen Mann bekannt. Auch ich setze mein Vertrauen auf Sie in einer wichtigen und sonderbaren Angelegenheit, die, wenn ich es recht bedenke, eher für den Beichtvater als für den Sachwalter gehört. Seit einem Jahre bin ich an einen würdigen und reichen Mann verheiratet, der, solange wir zusammen lebten, die größte Aufmerksamkeit für mich hatte, und über den ich mich nicht beklagen würde, wenn nicht ein unruhiges Verlangen, zu reisen und zu handeln, ihn seit einiger Zeit aus meinen Armen gerissen hätte.

Als ein verständiger und gerechter Mann fühlte er wohl das Unrecht, das er mir durch seine Entfernung antat. Er begriff, daß ein junges Weib nicht wie Juwelen und Perlen verwahrt werden könne; er wußte, daß sie vielmehr einem Garten voll schöner Früchte gleicht, die für jedermann, so wie für den Herrn verloren wären, wenn er eigensinnig die Türe auf einige Jahre verschließen wollte. Er sprach mir daher vor seiner Abreise sehr ernstlich zu, er versicherte mir, daß ich ohne Freund nicht würde leben können, er gab mir dazu nicht allein die Erlaubnis, sondern er drang in mich und nötigte mir gleichsam das Versprechen ab, daß ich der Neigung, die sich in meinem Herzen finden würde, frei und ohne Anstand folgen wollte.

Sie hielt einen Augenblick inne, aber bald gab ihr ein vielversprechender Blick des jungen Mannes Mut genug, in ihrem Bekenntnis fortzufahren.

Eine einzige Bedingung fügte mein Gemahl zu seiner übrigens so nachsichtigen Erlaubnis. Er empfahl mir die äußerste Vorsicht und verlangte ausdrücklich, daß ich mir einen gesetzten, zuverlässigen, klugen und verschwiegenen Freund wählen sollte. Ersparen Sie mir das übrige zu sagen, mein Herr, ersparen Sie mir die Verwirrung, mit der ich Ihnen bekennen würde, wie sehr ich für Sie eingenommen bin, und erraten Sie aus diesem Zutrauen meine Hoffnungen und meine Wünsche.

Nach einer kurzen Pause versetzte der junge liebenswürdige Mann mit gutem Bedachte: Wie sehr bin ich Ihnen für das Vertrauen verbunden, durch welches Sie mich in einem so hohen Grade ehren und glücklich machen. Ich wünsche nur lebhaft, Sie zu überzeugen, daß Sie sich an keinen Unwürdigen gewendet haben. Lassen Sie mich Ihnen zuerst als Rechtsgelehrter antworten; und als ein solcher gesteh' ich Ihnen, daß ich Ihren Gemahl bewundere, der sein Unrecht so deutlich gefühlt und eingesehen hat: denn es ist gewiß, daß einer, der ein junges Weib zurückläßt, um ferne Weltgegenden zu besuchen, als ein solcher anzusehen ist, der irgendein anderes Besitztum völlig derelinquiert und durch die deutlichste Handlung auf alles Recht daran Verzicht tut. Wie es nun dem ersten Besten erlaubt ist, eine solche völlig ins Freie gefallene Sache wieder zu ergreifen, so muß ich es um so mehr für natürlich und billig halten, daß eine junge Frau, die sich in diesem Zustande befindet, ihre Neigung abermals verschenke, und sich einem Freunde, der ihr angenehm und zuverlässig scheint, ohne Bedenken überlasse.

Tritt nun aber gar, wie hier, der Fall ein, daß der Ehemann selbst, seines Unrechts sich bewußt, mit ausdrücklichen Worten seiner hinterlassenen Frau dasjenige erlaubt, was er ihr nicht verbieten kann, so bleibt gar kein

Zweifel übrig, um so mehr, da demjenigen kein Unrecht geschieht, der es willig zu ertragen erklärt hat.

Wenn Sie mich nun – fuhr der junge Mann mit ganz andern Blicken und dem lebhaftesten Ausdrucke fort, indem er die schöne Freundin bei der Hand nahm –, wenn Sie mich zu Ihrem Diener erwählen, so machen Sie mich mit einer Glückseligkeit bekannt, von der ich bisher keinen Begriff hatte. Sein Sie versichert, rief er aus, indem er die Hand küßte, daß Sie keinen ergebnern, zärtlichern, treuern und verschwiegenern Diener hätten finden können.

Wie beruhigt fühlte sich nach dieser Erklärung die schöne Frau. Sie scheute sich nicht, ihm ihre Zärtlichkeit aufs lebhafteste zu zeigen; sie drückte seine Hände, drängte sich näher an ihn und legte ihr Haupt auf seine Schulter. Nicht lange blieben sie in dieser Lage, als er sich auf eine sanfte Weise von ihr zu entfernen suchte, und nicht ohne Betrübnis zu reden begann: Kann sich wohl ein Mensch in einem seltsamern Verhältnisse befinden? Ich bin gezwungen mich von Ihnen zu entfernen und mir die größte Gewalt anzutun, in einem Augenblicke, da ich mich den süßesten Gefühlen überlassen sollte. Ich darf mir das Glück, das mich in Ihren Armen erwartet, gegenwärtig nicht zueignen. Ach! wenn nur der Aufschub mich nicht um meine schönsten Hoffnungen betrügt!

Die Schöne fragte ängstlich nach der Ursache dieser sonderbaren Äußerung.

Eben als ich in Bologna, versetzte er, am Ende meiner Studien war und mich aufs äußerste angriff, mich zu meiner künftigen Bestimmung geschickt zu machen, verfiel ich in eine schwere Krankheit, die, wo nicht mein Leben zu zerstören, doch meine körperlichen und Geisteskräfte zu zerrütten drohte. In der größten Not und unter den heftigsten Schmerzen tat ich der Mutter Gottes ein Gelübde, daß ich, wenn sie mich genesen ließe, ein Jahr lang in strengem Fasten zubringen und mich alles Genusses, von welcher Art er auch sei, enthalten wolle. Schon zehn Monate habe ich mein Gelübde auf das treulichste erfüllt, und sie sind mir in Betrachtung der großen Wohltat, die ich erhalten, keinesweges lang geworden, da es mir nicht beschwerlich ward, manches gewohnte und bekannte Gute zu entbehren. Aber zu welcher Ewigkeit werden mir nun zwei Monate, die noch übrig sind, da mir erst nach Verlauf derselben ein Glück zuteil werden kann, welches alle Begriffe übersteigt! Lassen Sie sich die Zeit nicht lang werden und entziehen Sie mir Ihre Gunst nicht, die Sie mir so freiwillig zugedacht haben.

Die Schöne, mit dieser Erklärung nicht sonderlich zufrieden, faßte doch wieder bessern Mut, als der Freund nach einigem Nachdenken zu reden fortfuhr: Ich wage kaum, Ihnen einen Vorschlag zu tun und das Mittel anzuzeigen, wodurch ich früher von meinem Gelübde entbunden werden kann. Wenn ich jemand fände, der so streng und sicher wie ich das Gelübde zu halten übernähme, und die Hälfte der noch übrigen Zeit mit mir teilte, so würde ich um so geschwinder frei sein, und nichts würde sich unsern Wünschen entgegenstellen. Sollten Sie nicht, meine süße Freundin, um unser Glück zu beschleunigen, willig sein einen Teil des Hindernisses, das uns entgegensteht, hinweg zu räumen? Nur der zuverlässigsten Person kann ich einen Anteil an meinem Gelübde übertragen; es ist streng, denn ich darf des Tages nur zweimal Brot und Wasser genießen, darf des Nachts nur wenige Stunden auf einem harten Lager zubringen, und muß ungeachtet meiner vielen Geschäfte eine große Anzahl Gebete verrichten. Kann ich, wie es mir heute geschehen ist, nicht vermeiden, bei einem Gastmahl zu erscheinen, so darf ich deswegen doch nicht meine Pflicht hintansetzen, vielmehr muß ich den Reizungen aller Leckerbissen, die an mir vorübergehen, zu widerstehen suchen. Können Sie sich entschließen, einen Monat lang gleichfalls alle diese Gesetze zu befolgen, so werden Sie alsdann sich selbst in dem Besitz eines Freundes desto mehr erfreuen, als Sie ihn durch ein so lobenswürdiges Unternehmen gewissermaßen selbst erworben haben.

Die schöne Dame vernahm ungern die Hindernisse, die sich ihrer Neigung entgegensetzten; doch war ihre Liebe zu dem jungen Manne durch seine Gegenwart dergestalt vermehrt worden, daß ihr keine Prüfung zu streng schien, wenn ihr nur dadurch der Besitz eines so werten Gutes versichert werden konnte. Sie sagte ihm daher mit den gefälligsten

Ausdrücken: Mein süßer Freund! das Wunder, wodurch Sie Ihre Gesundheit wiedererlangt haben, ist mir selbst so wert und verehrungswürdig, daß ich es mir zur Freude und Pflicht mache, an dem Gelübde teil zu nehmen, das Sie dagegen zu erfüllen schuldig sind. Ich freue mich, Ihnen einen so sichern Beweis meiner Neigung zu geben; ich will mich auf das genaueste nach Ihrer Vorschrift richten, und ehe Sie mich lossprechen, soll mich nichts von dem Wege entfernen, auf den Sie mich einleiten.

Nachdem der junge Mann mit ihr aufs genaueste diejenigen Bedingungen abgeredet, unter welchen sie ihm die Hälfte seines Gelübdes ersparen konnte, entfernte er sich mit der Versicherung, daß er sie bald wieder besuchen und nach der glücklichen Beharrlichkeit in ihrem Vorsatze fragen würde; und so mußte sie ihn gehen lassen, als er ohne Händedruck, ohne Kuß, mit einem kaum bedeutenden Blicke von ihr schied. Ein Glück für sie war die Beschäftigung, die ihr der seltsame Vorsatz gab, denn sie hatte manches zu tun, um ihre Lebensart völlig zu verändern. Zuerst wurden die schönen Blätter und Blumen hinausgekehrt, die sie zu seinem Empfang hatte streuen lassen; dann kam an die Stelle des wohlgepolsterten Ruhebettes ein hartes Lager, auf das sie sich, zum erstenmal in ihrem Leben nur von Wasser und Brot kaum gesättigt, des Abends niederlegte. Des andern Tages war sie beschäftigt Hemden zuzuschneiden und zu nähen, deren sie eine bestimmte Zahl für ein Armen- und Krankenhaus fertig zu machen versprochen hatte. Bei dieser neuen und unbequemen Beschäftigung unterhielt sie ihre Einbildungskraft immer mit dem Bilde ihres süßen Freundes und mit der Hoffnung künftiger Glückseligkeit; und bei eben diesen Vorstellungen schien ihre schmale Kost ihr eine herzstärkende Nahrung zu gewähren.

So verging eine Woche, und schon am Ende derselben fingen die Rosen ihrer Wangen an einigermaßen zu verbleichen. Kleider, die ihr sonst wohl paßten, waren zu weit, und ihre sonst so raschen und muntern Glieder matt und schwach geworden, als der Freund wieder erschien und ihr durch seinen Besuch neue Stärke und Leben gab. Er ermahnte sie in ihrem Vorsatze zu beharren, munterte sie durch sein Beispiel auf, und ließ von weitem die Hoffnung eines ungestörten Genusses durchblicken. Nur kurze Zeit hielt er sich auf, und versprach bald wieder zu kommen.

Die wohltätige Arbeit ging aufs neue muntrer fort, und von der strengen Diät ließ man keinesweges nach. Aber auch, leider! hätte sie durch eine große Krankheit nicht mehr erschöpft werden können. Ihr Freund, der sie am Ende der Woche abermals besuchte, sah sie mit dem größten Mitleiden an, und stärkte sie durch den Gedanken, daß die Hälfte der Prüfung nun schon vorüber sei.

Nun ward ihr das ungewohnte Fasten, Beten und Arbeiten mit jedem Tage lästiger, und die übertriebene Enthaltsamkeit schien den gesunden Zustand eines an Ruhe und reichliche Nahrung gewöhnten Körpers gänzlich zu zerrütten. Die Schöne konnte sich zuletzt nicht mehr auf den Füßen halten und war genötigt, ungeachtet der warmen Jahreszeit, sich in doppelte und dreifache Kleider zu hüllen, um die beinah völlig verschwindende innerliche Wärme einigermaßen zusammen zu halten. Ja sie war nicht länger imstande aufrecht zu bleiben, und sogar gezwungen in der letzten Zeit das Bette zu hüten.

Welche Betrachtungen mußte sie da über ihren Zustand machen! Wie oft ging diese seltsame Begebenheit vor ihrer Seele vorbei, und wie schmerzlich fiel es ihr, als zehn Tage vergingen, ohne daß der Freund erschienen wäre, der sie diese äußersten Aufopferungen kostete! Dagegen aber bereitete sich in diesen trüben Stunden ihre völlige Genesung vor, ja sie ward entschieden. Denn als bald darauf ihr Freund erschien und sich an ihr Bette auf eben dasselbe Taburett setzte, auf dem er ihre erste Erklärung vernommen hatte, und ihr freundlich, ja gewissermaßen zärtlich zusprach, die kurze Zeit noch standhaft auszudauern, unterbrach sie ihn mit Lächeln und sagte: Es bedarf weiter keines Zuredens, mein werter Freund, und ich werde mein Gelübde diese wenigen Tage mit Geduld und mit der Überzeugung ausdauern, daß Sie es mir zu meinem Besten auferlegt haben. Ich bin jetzt zu schwach, als daß ich Ihnen meinen Dank ausdrücken könnte, wie ich ihn empfinde. Sie haben mich mir selbst erhalten; Sie haben mich mir selbst gegeben, und ich erkenne, daß ich mein ganzes Dasein von nun an Ihnen schuldig bin.

Wahrlich! mein Mann war verständig und klug, und kannte das Herz einer Frau; er war billig genug, sie über eine Neigung nicht zu schelten, die durch seine Schuld in ihrem Busen entstehen konnte, ja er war großmütig genug, seine Rechte der Forderung der Natur hintan zu setzen. Aber Sie, mein Herr, Sie sind vernünftig und gut; Sie haben mich fühlen lassen, daß außer der Neigung noch etwas in uns ist, das ihr das Gleichgewicht halten kann, daß wir fähig sind, jedem gewohnten Gut zu entsagen und selbst unsere heißesten Wünsche von uns zu entfernen. Sie haben mich in diese Schule durch Irrtum und Hoffnung geführt; aber beide sind nicht mehr nötig, wenn wir uns erst mit dem guten und mächtigen Ich bekannt gemacht haben, das so still und ruhig in uns wohnt, und solange, bis es die Herrschaft im Hause gewinnt, wenigstens durch zarte Erinnerungen seine Gegenwart unaufhörlich merken läßt. Leben Sie wohl! Ihre Freundin wird Sie künftig mit Vergnügen sehen; wirken Sie auf Ihre Mitbürger wie auf mich; entwickeln Sie nicht allein die Verwirrungen, die nur zu leicht über Besitztümer entstehen, sondern zeigen Sie ihnen auch, durch sanfte Anleitung und durch Beispiel, daß in jedem Menschen die Kraft der Tugend im Verborgenen keimt; die allgemeine Achtung wird Ihr Lohn sein, und Sie werden mehr als der erste Staatsmann und der größte Held den Namen Vater des Vaterlandes verdienen.

*

Man muß Ihren Prokurator loben, sagte die Baronesse, er ist zierlich, vernünftig, unterhaltend und unterrichtend; so sollten alle diejenigen sein, die uns von einer Verirrung abhalten oder davon zurück bringen wollen. Wirklich verdient die Erzählung vor vielen andern den Ehrentitel einer moralischen Erzählung. Geben Sie uns mehrere von dieser Art, und unsre Gesellschaft wird sich deren gewiß erfreuen.

Der Alte. Wenn diese Geschichte Ihren Beifall hat, so ist es mir zwar sehr angenehm, doch tut mir's leid, wenn Sie noch mehr moralische Erzählungen wünschen, denn es ist die erste und letzte.

Luise. Es bringt Ihnen nicht viel Ehre, daß Sie in Ihrer Sammlung gerade von der besten Art nur eine einzige haben.

Der Alte. Sie verstehn mich unrecht. Es ist nicht die einzige moralische Geschichte, die ich erzählen kann, sondern alle gleichen sich dergestalt, daß man immer nur dieselbe zu erzählen scheint.

Luise. Sie sollten sich doch endlich diese Paradoxen abgewöhnen, die das Gespräch nur verwirren; erklären Sie sich deutlicher.

Der Alte. Recht gern. Nur diejenige Erzählung verdient moralisch genannt zu werden, die uns zeigt, daß der Mensch in sich eine Kraft habe, aus Überzeugung eines Bessern, selbst gegen seine Neigung zu handeln. Dieses lehrt uns diese Geschichte, und keine moralische Geschichte kann etwas anderes lehren.

Luise. Und ich muß also, um moralisch zu handeln, gegen meine Neigung handeln?

Der Alte. Ja.

Luise. Auch wenn sie gut ist?

Der Alte. Keine Neigung ist an sich gut, sondern nur insofern sie etwas Gutes wirkt.

Luise. Wenn man nun Neigung zur Wohltätigkeit hätte?

Der Alte. So soll man sich verbieten, wohltätig zu sein, sobald man sieht, daß man sein eigenes Hauswesen dadurch zugrunde richtet.

Luise. Und wenn man einen unwiderstehlichen Trieb zur Dankbarkeit hätte?

Der Alte. Dafür ist bei den Menschen schon gesorgt, daß die Dankbarkeit bei ihnen niemals zum Triebe werden kann. Doch gesetzt auch; so würde der zu schätzen sein, der sich lieber undankbar zeigte, als daß er etwas Schändliches aus Liebe zu seinem Wohltäter unternähme.

Luise. So könnte es denn also doch unzählige moralische Geschichten geben.

Der Alte. In diesem Sinne, ja; doch würden sie alle nichts weiter sagen, als was mein Prokurator gesagt hat, und deswegen kann man ihn einzig dem Geiste nach nennen: denn darin haben Sie recht, der Stoff kann sehr verschieden sein.

Luise. Hätten Sie sich eigentlicher ausgedrückt, so hätten wir nicht gestritten.

Der Alte. Aber auch nicht gesprochen. Verwirrungen und Mißverständnisse sind die Quellen des tätigen Lebens und der Unterhaltung.

Luise. Ich kann doch noch nicht ganz mit Ihnen einig sein. Wenn ein tapferer Mann mit Gefahr seines eigenen Lebens andere rettet, ist das keine moralische Handlung?

Der Alte. Nach meiner Art mich auszudrücken, nicht. Wenn aber ein furchtsamer Mensch seine Furcht überwindet und eben dasselbe tut, dann ist es eine moralische Handlung.

Die Baronesse. Ich wollte, lieber Freund, Sie gäben uns noch einige Beispiele, und verglichen sich gelegentlich mit Luisen über die Theorie. Gewiß, ein Gemüt, das Neigung zum Guten hat, muß uns, wenn wir es gewahr werden, schon höchlich erfreuen; aber Schöneres ist nichts in der Welt als Neigung durch Vernunft und Gewissen geleitet. Haben Sie noch eine Geschichte dieser Art, so wünschten wir sie zu hören. Ich liebe mir sehr Parallelgeschichten. Eine deutet auf die andere hin und erklärt ihren Sinn besser als viele trockene Worte.

Der Alte. Ich kann wohl noch einige, die hieher gehören, vorbringen: denn ich habe auf diese Eigenschaften des menschlichen Geistes besonders acht gegeben.

Luise. Nur eins möchte ich mir ausbitten. Ich leugne nicht, daß ich die Geschichten nicht liebe, die unsre Einbildungskraft immer in fremde Länder nötigen. Muß denn alles in Italien und Sizilien, im Orient geschehen? Sind denn Neapel, Palermo und Smyrna die einzigen Orte, wo etwas Interessantes vorgehen kann? Mag man doch den Schauplatz der

Feenmärchen nach Samarkand und Ormus versetzen, um unsere Einbildungskraft zu verwirren. Wenn Sie aber unsern Geist, unser Herz bilden wollen, so geben Sie uns einheimische, geben Sie uns Familiengemälde, und wir werden uns desto eher darin erkennen, und wenn wir uns getroffen fühlen, desto gerührter an unser Herz schlagen.

Der Alte. Auch darin soll Ihnen gewillfahrt werden. Doch ist es mit den Familiengemälden eine eigene Sache. Sie sehen einander alle so gleich, und wir haben fast alle Verhältnisse derselben schon gut bearbeitet auf unsern Theatern gesehen. Indessen will ich's wagen und eine Geschichte erzählen, von der Ihnen schon etwas Ähnliches bekannt ist, und die nur durch eine genaue Darstellung dessen, was in den Gemütern vorging, neu und interessant werden dürfte.

Ferdinands Schuld und Wandlung

Man kann in Familien oft die Bemerkung machen, daß Kinder, sowohl der Gestalt als dem Geiste nach, bald vom Vater bald von der Mutter Eigenschaften an sich tragen; und so kommt auch manchmal der Fall vor, daß ein Kind die Naturen beider Eltern auf eine besondere und verwundernswürdige Weise verbindet.

Hievon war ein junger Mensch, den ich Ferdinand nennen will, ein auffallender Beweis. Seine Bildung erinnerte an beide Eltern, und ihre Gemütsart konnte man in der seinigen genau unterscheiden. Er hatte den leichten und frohen Sinn des Vaters, so auch den Trieb den Augenblick zu genießen, und eine gewisse leidenschaftliche Art bei manchen Gelegenheiten nur sich selbst in Anschlag zu bringen. Von der Mutter aber hatte er, so schien es, ruhige Überlegung, ein Gefühl von Recht und Billigkeit und eine Anlage zur Kraft sich für andere aufzuopfern. Man sieht hieraus leicht, daß diejenigen, die mit ihm umgingen, oft, um seine Handlungen zu erklären, zu der Hypothese ihre Zuflucht nehmen mußten, daß der junge Mann wohl zwei Seelen haben möchte.

Ich übergehe mancherlei Szenen, die in seiner Jugend vorfielen, und erzähle nur eine Begebenheit, die seinen ganzen Charakter ins Licht setzt, und in seinem Leben eine entschiedene Epoche machte.

Er hatte von Jugend auf eine reichliche Lebensart genossen: denn seine Eltern waren wohlhabend, lebten und erzogen ihre Kinder wie es solchen Leuten geziemt; und wenn der Vater in Gesellschaften, beim Spiel und durch zierliche Kleidung mehr als billig war ausgab, so wußte die Mutter, als eine gute Haushälterin, dem gewöhnlichen Aufwande solche Grenzen zu setzen, daß im ganzen ein Gleichgewicht blieb und niemals ein Mangel zum Vorschein kommen konnte. Dabei war der Vater als Handelsmann glücklich; es gerieten ihm manche Spekulationen, die er sehr kühn unternommen hatte, und weil er gern mit Menschen lebte, hatte er sich in Geschäften auch vieler Verbindungen und mancher Beihülfe zu erfreuen.

Die Kinder, als strebende Naturen, wählen sich gewöhnlich im Hause das Beispiel dessen, der am meisten zu leben und zu genießen scheint. Sie sehen in einem Vater, der sich's wohl sein läßt, die entschiedene Regel, wornach sie ihre Lebensart einzurichten haben; und weil sie schon früh zu dieser Einsicht gelangen, so schreiten meistenteils ihre Begierden und Wünsche in großer Disproportion der Kräfte ihres Hauses fort. Sie finden sich bald überall gehindert, um so mehr als jede neue Generation neue und frühere Anforderungen macht, und die Eltern den Kindern dagegen meistenteils nur gewähren möchten, was sie selbst in früherer Zeit genossen, da noch jedermann mäßiger und einfacher zu leben sich bequemte.

Ferdinand wuchs mit der unangenehmen Empfindung heran, daß ihm oft dasjenige fehle, was er an seinen Gespielen sah. Er wollte in Kleidung, in einer gewissen Liberalität des Lebens und Betragens hinter niemanden zurückbleiben; er wollte seinem Vater ähnlich werden, dessen Beispiel er täglich vor Augen sah, und der ihm doppelt als Musterbild erschien, einmal als Vater, für den der Sohn gewöhnlich ein günstiges Vorurteil hegt, und dann wieder weil der Knabe sah, daß der Mann auf diesem Wege ein vergnügliches und genußreiches Leben führte und dabei von jedermann geschätzt und geliebt wurde. Ferdinand hatte hierüber, wie man sich leicht denken kann, manchen Streit mit der Mutter, da er dem Vater die abgelegten Röcke nicht nachtragen, sondern selbst immer in der Mode sein wollte. So wuchs er heran, und seine Forderungen wuchsen immer vor ihm her, so daß er zuletzt, da er achtzehn Jahr alt war, ganz außer Verhältnis mit seinem Zustande sich fühlen mußte.

Schulden hatte er bisher nicht gemacht, denn seine Mutter hatte ihm davor den größten Abscheu eingeflößt, sein Vertrauen zu erhalten gesucht und in mehreren Fällen das Äußerste getan, um seine Wünsche zu erfüllen, oder ihn aus kleinen Verlegenheiten zu reißen. Unglücklicherweise mußte sie, in eben dem Zeitpunkte, wo er nun als Jüngling noch mehr aufs Äußere sah, wo er durch die Neigung zu einem sehr schönen Mädchen, verflochten in größere Gesellschaft, sich andern nicht allein gleichzustellen, sondern vor andern sich hervorzutun und zu gefallen wünschte, in ihrer Haushaltung gedrängter sein als jemals; anstatt also seine Forderungen wie sonst zu befriedigen, fing sie an seine Vernunft, sein gutes Herz, seine Liebe zu ihr in Anspruch zu nehmen, und setzte ihn, indem sie ihn zwar überzeugte aber nicht veränderte, wirklich in Verzweiflung.

Er konnte ohne alles zu verlieren, was ihm so lieb als sein Leben war, die Verhältnisse nicht verändern, in denen er sich befand. Von der ersten Jugend an war er diesem Zustande entgegen –, er war mit allem was ihn umgab zusammengewachsen; er konnte keine Faser seiner Verbindungen, Gesellschaften, Spaziergänge und Lustpartien zerreißen, ohne zugleich einen alten Schulfreund, einen Gespielen, eine neue ehrenvolle Bekanntschaft und, was das Schlimmste war, seine Liebe zu verletzen.

Wie hoch und wert er eine Neigung hielt, begreift man leicht, wenn man erfährt, daß sie zugleich seiner Sinnlichkeit, seinem Geiste, seiner Eitelkeit und seinen lebhaften Hoffnungen schmeichelte. Eins der schönsten, angenehmsten und reichsten Mädchen der Stadt gab ihm, wenigstens für den Augenblick, den Vorzug vor seinen vielen Mitwerbern. Sie erlaubte ihm mit dem Dienst, den er ihr widmete, gleichsam zu prahlen, und sie schienen wechselsweise auf die Ketten stolz zu sein, die sie einander angelegt hatten. Nun war es ihm Pflicht, ihr überall zu folgen, Zeit und Geld in ihrem Dienste zu verwenden und auf jede Weise zu zeigen, wie wert ihm ihre Neigung und wie unentbehrlich ihm ihr Besitz sei.

Dieser Umgang und dieses Bestreben machte Ferdinanden mehr Aufwand als es unter andern Umständen natürlich gewesen wäre. Sie war eigentlich von ihren abwesenden Eltern einer sehr wunderlichen Tante anvertraut worden, und es erforderte mancherlei Künste und seltsame Anstalten, um Ottilien, diese Zierde der Gesellschaft, in Gesellschaft zu bringen. Ferdinand erschöpfte sich in Erfindungen, um ihr die Vergnügungen zu verschaffen, die sie so gern genoß und die sie jedem, der um sie war, zu erhöhen wußte.

Und in eben diesem Augenblicke von einer geliebten und verehrten Mutter zu ganz andern Pflichten aufgefordert zu werden; von dieser Seite keine Hülfe zu sehen; einen so lebhaften Abscheu vor Schulden zu fühlen, die auch seinen Zustand nicht lange würden gefristet haben; dabei von jedermann für wohlhabend und freigebig angesehen zu werden, und das tägliche und dringende Bedürfnis des Geldes zu empfinden, war gewiß eine der peinlichsten Lagen, in der sich ein junges, durch Leidenschaften bewegtes Gemüt befinden kann.

Gewisse Vorstellungen, die ihm früher nur leicht vor der Seele vorübergingen, hielt er nun fester; gewisse Gedanken, die ihn sonst nur Augenblicke beunruhigten, schwebten länger vor seinem Geiste, und gewisse verdrießliche Empfindungen wurden daurender und bitterer. Hatte er sonst seinen Vater als sein Muster angesehen, so beneidete er ihn nun als seinen Nebenbuhler. Von allem, was der Sohn wünschte, war jener im Besitz; alles, worüber dieser sich ängstigte, ward jenem leicht. Und es war nicht etwa von dem Notwendigen die Rede, sondern von dem was jener hätte entbehren können. Da glaubte denn der Sohn, daß der Vater wohl auch manchmal entbehren sollte, um ihn genießen zu lassen. Der Vater dagegen war ganz anderer Gesinnung; er war von denen Menschen, die sich viel erlauben und die deswegen in den Fall kommen, denen, die von ihnen abhängen, viel zu versagen. Er hatte dem Sohne etwas Gewisses ausgesetzt und verlangte genaue Rechenschaft, ja eine regelmäßige Rechnung von ihm darüber.

Nichts schärft das Auge des Menschen mehr, als wenn man ihn einschränkt. Darum sind die Frauen durchaus klüger als die Männer; und auf niemand sind Untergebene aufmerksamer, als auf den, der befiehlt, ohne zugleich durch sein Beispiel voraus zu gehen. So ward der Sohn auf alle Handlungen seines Vaters aufmerksam, besonders auf solche, die Geldausgaben betrafen. Er horchte genauer auf, wenn er hörte, der Vater habe im Spiel verloren oder gewonnen, er beurteilte ihn strenger, wenn jener sich willkürlich etwas Kostspieliges erlaubte.

Ist es nicht sonderbar, sagte er zu sich selbst, daß Eltern, während sie sich mit Genuß aller Art überfüllen, indem sie bloß nach Willkür ein Vermögen, das ihnen der Zufall gegeben hat, benutzen, ihre Kinder gerade zu der Zeit von jedem billigen Genusse ausschließen, da die Jugend am empfänglichsten dafür ist! Und mit welchem Rechte tun sie es? Und wie sind sie zu diesem Rechte gelangt? Soll der Zufall allein entscheiden, und kann das ein Recht werden, wo der Zufall wirkt? Lebte der Großvater noch, der seine Enkel wie seine Kinder hielt, es würde mir viel besser ergehen; er würde es mir nicht am Notwendigen fehlen lassen: denn ist uns das nicht notwendig, was wir in Verhältnissen brauchen, zu denen wir erzogen und geboren sind? Der Großvater würde mich nicht darben lassen, so wenig er des Vaters Verschwendung zugeben würde. Hätte er länger gelebt, hätte er klar eingesehen, daß sein Enkel auch wert ist, zu genießen, so hätte er vielleicht in dem Testament mein früheres Glück entschieden. Sogar habe ich gehört, daß der Großvater eben vom Tode übereilt worden, da er einen letzten Willen aufzusetzen gedachte, und so hat vielleicht bloß der Zufall mir meinen frühern Anteil an einem Vermögen entzogen, den ich, wenn mein Vater so zu wirtschaften fortfährt, wohl gar auf immer verlieren kann.

Mit diesen und andern Sophistereien über Besitz und Recht, über die Frage, ob man ein Gesetz oder eine Einrichtung, zu denen man seine Stimme nicht gegeben, zu befolgen brauche, und inwiefern es dem

Menschen erlaubt sei im stillen von den bürgerlichen Gesetzen abzuweichen, beschäftigte er sich oft in seinen einsamen verdrießlichsten Stunden, wenn er irgend aus Mangel des baren Geldes eine Lustpartie oder eine andere angenehme Gesellschaft ausschlagen mußte. Denn schon hatte er kleine Sachen von Wert, die er besaß, vertrödelt, und sein gewöhnliches Taschengeld wollte keinesweges hinreichen.

Sein Gemüt verschloß sich, und man kann sagen, daß er in diesen Augenblicken seine Mutter nicht achtete, die ihm nicht helfen konnte, und seinen Vater haßte, der ihm, nach seiner Meinung, überall im Wege stand.

Zu eben der Zeit machte er eine Entdeckung, die seinen Unwillen noch mehr erregte. Er bemerkte, daß sein Vater nicht allein kein guter, sondern auch ein unordentlicher Haushälter war. Denn er nahm oft aus seinem Schreibtische in der Geschwindigkeit Geld, ohne es aufzuzeichnen, und fing nachher manchmal wieder an zu zählen und zu rechnen, und schien verdrießlich, daß die Summen mit der Kasse nicht übereinstimmen wollten. Der Sohn machte diese Bemerkung mehrmals, und um so empfindlicher ward es ihm, wenn er zu eben der Zeit, da der Vater nur geradezu in das Geld hineingriff, einen entschiedenen Mangel spürte.

Zu dieser Gemütsstimmung traf ein sonderbarer Zufall, der ihm eine reizende Gelegenheit gab, dasjenige zu tun, wozu er nur einen dunkeln und unentschiedenen Trieb gefühlt hatte.

Sein Vater gab ihm den Auftrag, einen Kasten alter Briefe durchzusehen und zu ordnen. Eines Sonntags, da er allein war, trug er ihn durch das Zimmer, wo der Schreibtisch stand, der des Vaters Kasse enthielt. Der Kasten war schwer; er hatte ihn unrecht gefaßt, und wollte ihn einen Augenblick absetzen, oder vielmehr nur anlehnen. Unvermögend ihn zu halten, stieß er gewaltsam an die Ecke des Schreibtisches, und der Deckel desselben flog auf. Er sah nun alle die Rollen vor sich liegen, zu denen er manchmal nur hineingeschielt hatte, setzte seinen Kasten nieder und nahm, ohne zu denken und zu überlegen, eine Rolle von der Seite weg, wo der Vater gewöhnlich sein Geld zu willkürlichen Ausgaben herzunehmen schien. Er drückte den Schreibtisch wieder zu und versuchte den Seitenstoß; der Deckel flog jedesmal auf und es war so gut, als wenn er den Schlüssel zum Pulte gehabt hätte.

Mit Heftigkeit suchte er nunmehr jede Vergnügung wieder, die er bisher hatte entbehren müssen. Er war fleißiger um seine Schöne; alles was er tat und vornahm, war leidenschaftlicher; seine Lebhaftigkeit und Anmut hatten sich in ein heftiges, ja beinahe wildes Wesen verwandelt, das ihm zwar nicht übel ließ, doch niemanden wohltätig war.

Was der Feuerfunke auf ein geladnes Gewehr, das ist die Gelegenheit zur Neigung, und jede Neigung, die wir gegen unser Gewissen befriedigen, zwingt uns ein Übermaß von physischer Stärke anzuwenden; wir handeln wieder als wilde Menschen, und es wird schwer, äußerlich diese Anstrengung zu verbergen.

Je mehr ihm seine innere Empfindung widersprach, desto mehr häufte Ferdinand künstliche Argumente aufeinander, und desto mutiger und freier schien er zu handeln, je mehr er sich selbst von einer Seite gebunden fühlte.

Zu derselbigen Zeit waren allerlei Kostbarkeiten ohne Wert Mode geworden. Ottilie liebte sich zu schmücken; er suchte einen Weg, sie ihr zu verschaffen, ohne daß Ottilie selbst eigentlich wußte, woher die Geschenke kamen. Die Vermutung ward auf einen alten Oheim geworfen, und Ferdinand war doppelt vergnügt, indem ihm seine Schöne Zufriedenheit über die Geschenke und ihren Verdacht auf den Oheim zugleich zu erkennen gab.

Aber um sich und ihr dieses Vergnügen zu machen, mußte er noch einigemal den Schreibtisch seines Vaters eröffnen, und er tat es mit desto weniger Sorge, als der Vater zu verschiedenen Zeiten Geld hineingelegt und herausgenommen hatte, ohne es aufzuschreiben.

Bald darauf sollte Ottilie zu ihren Eltern auf einige Monate verreisen. Die jungen Leute betrübten sich äußerst da sie scheiden sollten, und ein Umstand machte ihre Trennung noch bedeutender. Ottilie erfuhr durch einen Zufall, daß die Geschenke von Ferdinanden kamen; sie setzte ihn darüber zu Rede, und als er es gestand, schien sie sehr verdrießlich zu werden. Sie bestand darauf, daß er sie zurücknehmen sollte, und diese Zumutung machte ihm die bittersten Schmerzen. Er erklärte ihr, daß er ohne sie nicht leben könne noch wolle; er bat sie ihm ihre Neigung zu erhalten, und beschwor sie ihm ihre Hand nicht zu versagen, sobald er versorgt und häuslich eingerichtet sein würde. Sie liebte ihn, sie war gerührt, sie sagte ihm zu, was er wünschte, und in diesem glücklichen Augenblicke versiegelten sie ihr Versprechen mit den lebhaftesten Umarmungen und mit tausend herzlichen Küssen.

Nach ihrer Abreise schien Ferdinand sich sehr allein. Die Gesellschaften, in welchen er sie zu sehen pflegte, reizten ihn nicht mehr, indem sie fehlte. Er besuchte nur noch aus Gewohnheit sowohl Freunde als Lustörter, und nur mit Widerwillen griff er noch einigemal in die Kasse des Vaters, um Ausgaben zu bestreiten, zu denen ihn keine Leidenschaften nötigten. Er war oft allein, und die gute Seele schien die Oberhand zu gewinnen. Er erstaunte über sich selbst bei ruhigem Nachdenken, wie er jene Sophistereien über Recht und Besitz, über Ansprüche an fremdes Gut, und wie die Rubriken alle heißen mochten, bei sich auf eine so kalte und schiefe Weise habe durchführen und dadurch eine unerlaubte Handlung beschönigen können. Es ward ihm nach und nach deutlich, daß nur Treue und Glauben die Menschen schätzenswert mache, daß der Gute eigentlich leben müsse, um alle Gesetze zu beschämen, indem ein anderer sie entweder umgehen oder zu seinem Vorteil gebrauchen mag.

Inzwischen, ehe diese wahren und guten Begriffe bei ihm ganz klar wurden und zu herrschenden Entschlüssen führten, unterlag er doch noch einigemal der Versuchung, aus der verbotenen Quelle in dringenden Fällen zu schöpfen. Niemals tat er es aber ohne Widerwillen, und nur wie von einem bösen Geiste an den Haaren hingezogen.

Endlich ermannte er sich und faßte den Entschluß, vor allen Dingen die Handlung sich unmöglich zu machen, und seinen Vater von dem Zustande des Schlosses zu unterrichten. Er fing es klug an, und trug den Kasten mit den nunmehr geordneten Briefen in Gegenwart seines Vaters durch das Zimmer, beging mit Vorsatz die Ungeschicklichkeit mit dem Kasten wider den Schreibtisch zu stoßen, und wie erstaunte der Vater, als er den Deckel auffahren sah. Sie untersuchten beide das Schloß und fanden, daß die Schließhaken durch die Zeit abgenutzt und die Bänder wandelbar waren. Sogleich ward alles repariert, und Ferdinand hatte seit langer Zeit keinen vergnügtern Augenblick, als da er das Geld in so guter Verwahrung sah.

Aber dies war ihm nicht genug. Er nahm sich sogleich vor, die Summe, die er seinem Vater entwendet hatte, und die er noch wohl wußte, wieder zu sammeln und sie ihm auf eine oder die andere Weise zuzustellen. Er fing nun an aufs genaueste zu leben und von seinem Taschengelde, was nur möglich war, zu sparen. Freilich war das nur wenig, was er hier zurückhalten konnte, gegen das, was er sonst verschwendet hatte; indessen schien die Summe schon groß, da sie ein Anfang war, sein Unrecht wieder gut zu machen. Und gewiß ist ein ungeheurer Unterschied zwischen dem letzten Taler, den man borgt, und zwischen dem ersten, den man abbezahlt.

Nicht lange war er auf diesem guten Wege, als der Vater sich entschloß, ihn in Handelsgeschäften zu verschicken. Er sollte sich mit einer entfernten Fabrikanstalt bekannt machen. Man hatte die Absicht, in einer Gegend, wo die ersten Bedürfnisse und die Handarbeit sehr wohlfeil waren, selbst ein Comptoir zu errichten, einen Kompagnon dorthin zu setzen, den Vorteil, den man gegenwärtig andern gönnen mußte, selbst zu gewinnen, und durch Geld und Kredit die Anstalt ins Große zu treiben. Ferdinand sollte die Sache in der Nähe untersuchen und davon einen umständlichen Bericht abstatten. Der Vater hatte ihm ein Reisegeld ausgesetzt und ihm vorgeschrieben damit auszukommen; es war reichlich und er hatte sich nicht darüber zu beklagen.

Auch auf seiner Reise lebte Ferdinand sehr sparsam, rechnete und überrechnete und fand, daß er den dritten Teil seines Reisegeldes ersparen könnte, wenn er auf jede Weise sich einzuschränken fortführe. Er hoffte nun auch auf Gelegenheit, zu dem übrigen nach und nach zu gelangen, und er fand sie. Denn die Gelegenheit ist eine gleichgültige Göttin, sie begünstigt das Gute wie das Böse.

In der Gegend, die er besuchen sollte, fand er alles weit vorteilhafter, als man geglaubt hatte. Jedermann ging in dem alten Schlendrian handwerksmäßig fort. Von neuentdeckten Vorteilen hatte man keine Kenntnis, oder man hatte keinen Gebrauch davon gemacht. Man wendete nur mäßige Summen Geldes auf und war mit einem mäßigen Profit zufrieden, und er sah bald ein, daß man mit einem gewissen Kapital, mit Vorschüssen, Einkauf des ersten Materials im großen, mit Anlegung von Maschinen durch die Hülfe tüchtiger Werkmeister eine große und solide Einrichtung würde machen können.

Er fühlte sich durch die Idee dieser möglichen Tätigkeit sehr erhoben. Die herrliche Gegend, in der ihm jeden Augenblick seine geliebte Ottilie vorschwebte, ließ ihn wünschen, daß sein Vater ihn an diesen Platz setzen, ihm das neue Etablissement anvertrauen und so auf eine reichliche und unerwartete Weise ausstatten möchte.

Er sah alles mit größter Aufmerksamkeit, weil er alles schon als das Seinige ansah. Er hatte zum erstenmal Gelegenheit, seine Kenntnisse, seine Geisteskräfte, sein Urteil anzuwenden. Die Gegend sowohl als die Gegenstände interessierten ihn aufs höchste, sie waren Labsal und Heilung für sein verwundetes Herz; denn nicht ohne Schmerzen konnte er sich des väterlichen Hauses erinnern, in welchem er, wie in einer Art von Wahnsinn, eine Handlung begehen konnte, die ihm nun das größte Verbrechen zu sein schien.

Ein Freund seines Hauses, ein wackrer, aber kränklicher Mann, der selbst den Gedanken eines solchen Etablissements zuerst in Briefen gegeben hatte, war ihm stets zur Seite, zeigte ihm alles, machte ihn mit seinen Ideen bekannt, und freute sich, wenn ihm der junge Mensch entgegen-, ja zuvorkam. Dieser Mann führte ein sehr einfaches Leben, teils aus Neigung, teils weil seine Gesundheit es so forderte. Er hatte keine Kinder, eine Nichte pflegte ihn, der er sein Vermögen zugedacht hatte, der er einen wackern und tätigen Mann wünschte, um mit Unterstützung eines fremden Kapitals und frischer Kräfte dasjenige ausgeführt zu sehen, wovon er zwar einen Begriff hatte, wovon ihn aber seine physischen und ökonomischen Umstände zurück hielten.

Kaum hatte er Ferdinanden gesehen, als ihm dieser sein Mann zu sein schien, und seine Hoffnung wuchs, als er so viel Neigung des jungen Menschen zum Geschäft und zu der Gegend bemerkte. Er ließ seiner Nichte seine Gedanken merken, und diese schien nicht abgeneigt. Sie war ein junges, wohlgebildetes, gesundes und auf jede Weise gut geartetes Mädchen. Die Sorgfalt für ihres Oheims Haushaltung erhielt sie immer rasch und tätig, und die Sorge für seine Gesundheit immer weich und gefällig. Man konnte sich zur Gattin keine vollkommnere Person wünschen.

Ferdinand, der nur die Liebenswürdigkeit und die Liebe Ottiliens vor Augen hatte, sah über das gute Landmädchen hinweg, oder wünschte, wenn Ottilie einst als seine Gattin in diesen Gegenden wohnen würde, ihr eine solche Haushälterin und Beschließerin beigeben zu können. Er erwiderte die Freundlichkeit und Gefälligkeit des Mädchens auf eine sehr ungezwungene Weise; er lernte sie näher kennen und sie schätzen; er begegnete ihr bald mit mehrerer Achtung, und sowohl sie als ihr Oheim legten sein Betragen nach ihren Wünschen aus.

Ferdinand hatte sich nunmehr genau umgesehen und von allem unterrichtet. Er hatte mit Hülfe des Oheims einen Plan gemacht, und nach seiner gewöhnlichen Leichtigkeit nicht verborgen, daß er darauf rechne, selbst den Plan auszuführen. Zugleich hatte er der Nichte viele Artigkeiten gesagt und jede Haushaltung glücklich gepriesen, die einer so sorgfältigen Wirtin überlassen werden könnte. Sie und ihr Onkel glaubten daher, daß er wirklich Absichten habe, und waren in allem um desto gefälliger gegen ihn.

Nicht ohne Zufriedenheit hatte Ferdinand bei seinen Untersuchungen gefunden, daß er nicht allein auf die Zukunft vieles von diesem Platze zu hoffen habe, sondern daß er auch gleich jetzt einen vorteilhaften Handel schließen, seinem Vater die entwendete Summe wieder erstatten und sich also von dieser drückenden Last auf einmal befreien könne. Er eröffnete seinem Freunde die Absicht seiner Spekulation, der eine außerordentliche Freude darüber hatte, und ihm alle mögliche Beihülfe leistete, ja er wollte seinem jungen Freunde alles auf Kredit verschaffen, das dieser jedoch nicht annahm, sondern einen Teil davon sogleich von dem Überschusse des Reisegeldes bezahlte, und den andern in gehöriger Frist abzutragen versprach.

Mit welcher Freude er die Waren packen und laden ließ, war nicht auszusprechen; mit welcher Zufriedenheit er seinen Rückweg antrat, läßt sich denken; denn die höchste Empfindung, die der Mensch haben kann, ist die, wenn er sich von einem Hauptfehler, ja von einem Verbrechen durch eigne Kraft erhebt und losmacht. Der gute Mensch, der ohne auffallende Abweichung vom rechten Pfade vor sich hinwandelt, gleicht einem ruhigen lobenswürdigen Bürger, da hingegen jener als ein Held und Überwinder Bewunderung und Preis verdient, und in diesem Sinne scheint das paradoxe Wort gesagt zu sein, daß die Gottheit selbst an einem zurückkehrenden Sünder mehr Freude habe, als an neunundneunzig Gerechten.

Aber leider konnte Ferdinand durch seine guten Entschlüsse, durch seine Besserung und Wiedererstattung die traurigen Folgen der Tat nicht aufheben, die ihn erwarteten, und die sein schon wieder beruhigtes Gemüt aufs neue schmerzlich kränken sollten. Während seiner Abwesenheit hatte sich das Gewitter zusammengezogen, das gerade bei seinem Eintritte in das väterliche Haus losbrechen sollte.

Ferdinands Vater war, wie wir wissen, was seine Privatkasse anbetraf, nicht der ordentlichste, die Handlungssachen hingegen wurden von einem geschickten und genauen Associé sehr richtig besorgt. Der Alte hatte das Geld, das ihm der Sohn entwendete, nicht eben gemerkt, außer daß unglücklicherweise darunter ein Paket einer in diesen Gegenden ungewöhnlichen Münzsorte gewesen war, die er einem Fremden im Spiel abgewonnen hatte. Diese vermißte er, und der Umstand schien ihm bedenklich. Allein was ihn äußerst beunruhigte, war, daß ihm einige Rollen, jede mit hundert Dukaten fehlten, die er vor einiger Zeit verborgt, aber gewiß wieder erhalten hatte. Er wußte, daß der Schreibtisch sonst durch einen Stoß aufgegangen war, er sah als gewiß an, daß er beraubt sei, und geriet darüber in die äußerste Heftigkeit. Sein Argwohn schweifte auf allen Seiten herum. Unter den fürchterlichsten Drohungen und Verwünschungen erzählte er den Vorfall seiner Frau; er wollte das Haus um- und umkehren, alle Bedienten, Mägde und Kinder verhören lassen, niemand blieb von seinem Argwohn frei. Die gute Frau tat ihr möglichstes, ihren Gatten zu beruhigen; sie stellte ihm vor, in welche Verlegenheit und Diskredit diese Geschichte ihn und sein Haus bringen könnte, wenn sie ruchbar würde; daß niemand an dem Unglück, das uns betreffe, Anteil nehme, als nur um uns durch sein Mitleiden zu demütigen; daß bei einer solchen Gelegenheit weder er noch sie verschont werden würden, daß man noch wunderlichere Anmerkungen machen könnte, wenn nichts herauskäme, daß man vielleicht den Täter entdecken, und, ohne ihn auf zeitlebens unglücklich zu machen, das Geld wieder erhalten könne. Durch diese und andere Vorstellungen bewog sie ihn endlich, ruhig zu bleiben und durch stille Nachforschung der Sache näher zu kommen.

Und leider war die Entdeckung schon nahe genug. Ottiliens Tante war von dem wechselseitigen Versprechen der jungen Leute unterrichtet. Sie wußte von den Geschenken, die ihre Nichte angenommen hatte. Das ganze Verhältnis war ihr nicht angenehm, und sie hatte nur geschwiegen, weil ihre Nichte abwesend war. Eine sichere Verbindung mit Ferdinand schien ihr vorteilhaft, ein ungewisses Abenteuer war ihr unerträglich. Da sie also vernahm, daß der junge Mensch bald zurückkommen sollte, da sie auch ihre Nichte täglich wieder erwartete, eilte sie, von dem was geschehen war, den Eltern Nachricht zu geben und ihre Meinung darüber zu hören, zu fragen, ob eine baldige Versorgung für Ferdinand zu hoffen sei, und ob man in eine Heirat mit ihrer Nichte willige.

Die Mutter verwunderte sich nicht wenig, als sie von diesen Verhältnissen hörte. Sie erschrak, als sie vernahm, welche Geschenke Ferdinand an Ottilien gegeben hatte. Sie verbarg ihr Erstaunen, bat die Tante, ihr einige Zeit zu lassen, um gelegentlich mit ihrem Manne über die Sache zu sprechen, versicherte, daß sie Ottilie für eine vorteilhafte Partie halte, und daß es nicht unmöglich sei, ihren Sohn nächstens auf eine schickliche Weise auszustatten.

Als die Tante sich entfernt hatte, hielt sie es nicht für rätlich, ihrem Manne die Entdeckung zu vertrauen. Ihr lag nur daran, das unglückliche Geheimnis aufzuklären, ob Ferdinand, wie sie fürchtete, die Geschenke von dem entwendeten Geld gemacht habe. Sie eilte zu dem Kaufmann, der diese Art Geschmeide vorzüglich verkaufte, feilschte um ähnliche Dinge und sagte zuletzt: er müsse sie nicht überteuern, denn ihrem Sohn, der eine solche Kommission gehabt, habe er die Sachen wohlfeiler gegeben. Der Handelsmann beteuerte nein! zeigte die Preise genau an und sagte dabei: man müsse noch das Agio der Geldsorte hinzurechnen, in der Ferdinand zum Teil bezahlt habe. Er nannte ihr zu ihrer größten Betrübnis die Sorte; es war die, die dem Vater fehlte.

Sie ging nun, nachdem sie sich zum Scheine die nächsten Preise aufsetzen lassen, mit sehr bedrängtem Herzen hinweg. Ferdinands Verirrung war zu deutlich, die Rechnung der Summe, die dem Vater fehlte, war groß, und sie sah nach ihrer sorglichen Gemütsart die schlimmste Tat und die fürchterlichsten Folgen. Sie hatte die Klugheit, die Entdeckung vor ihrem Manne zu verbergen; sie erwartete die Zurückkunft ihres Sohnes mit geteilter Furcht und Verlangen. Sie wünschte sich aufzuklären und fürchtete das Schlimmste zu erfahren.

Endlich kam er mit großer Heiterkeit zurück. Er konnte Lob für seine Geschäfte erwarten, und brachte zugleich in seinen Waren heimlich das Lösegeld mit, wodurch er sich von dem geheimen Verbrechen zu befreien gedachte.

Der Vater nahm seine Relation gut, doch nicht mit solchem Beifall auf, wie er hoffte, denn der Vorgang mit dem Gelde machte den Mann zerstreut und verdrießlich, um so mehr als er einige ansehnliche Posten in diesem Augenblicke zu bezahlen hatte. Diese Laune des Vaters drückte ihn sehr, noch mehr die Gegenwart der Wände, der Mobilien, des Schreibtisches, die Zeugen seines Verbrechens gewesen waren. Seine ganze Freude war hin, seine Hoffnungen und Ansprüche; er fühlte sich als einen gemeinen, ja als einen schlechten Menschen.

Er wollte sich eben nach einem stillen Vertriebe der Waren, die nun bald ankommen sollten, umsehen, und sich durch die Tätigkeit aus seinem Elende herausreißen, als die Mutter ihn beiseite nahm, und ihm mit Liebe und Ernst sein Vergehen vorhielt, und ihm auch nicht den mindesten Ausweg zum Leugnen offen ließ. Sein weiches Herz war zerrissen; er warf sich unter tausend Tränen zu ihren Füßen, bekannte, bat um Verzeihung, beteuerte, daß nur die Neigung zu Ottilien ihn verleiten können, und daß sich keine anderen Laster zu diesem jemals gesellt hätten. Er erzählte darauf die Geschichte seiner Reue, daß er vorsätzlich dem Vater die Möglichkeit, den Schreibtisch zu eröffnen, entdeckt, und daß er durch Ersparnis auf der Reise und durch eine glückliche Spekulation sich im Stande sehe, alles wieder zu ersetzen.

Die Mutter, die nicht gleich nachgeben konnte, bestand darauf, zu wissen, wo er mit den großen Summen hingekommen sei, denn die Geschenke betrügen den geringsten Teil. Sie zeigte ihm zu seinem Entsetzen eine Berechnung dessen, was dem Vater fehlte; er konnte sich nicht einmal ganz zu dem Silber bekennen, und hoch und teuer schwur er, von dem Golde nichts angerührt zu haben. Hierüber war die Mutter äußerst zornig. Sie verwies ihm, daß er in dem Augenblicke, da er durch aufrichtige Reue seine Besserung und Bekehrung wahrscheinlich machen sollte, seine liebevolle Mutter noch mit Leugnen, Lügen und Märchen aufzuhalten gedenke, daß sie gar wohl wisse, wer des einen fähig sei, sei auch alles übrigen fähig. Wahrscheinlich habe er unter seinen liederlichen Kameraden Mitschuldige, wahrscheinlich sei der Handel, den er geschlossen, mit dem entwendeten Gelde gemacht, und schwerlich würde er davon etwas erwähnt haben, wenn die Übeltat nicht zufällig wäre entdeckt worden. Sie drohte ihm mit dem Zorne des Vaters, mit bürgerlichen Strafen, mit völliger Verstoßung; doch nichts kränkte ihn mehr, als daß sie ihn merken ließ, eine Verbindung zwischen ihm und Ottilien sei eben zur Sprache gekommen. Mit gerührtem Herzen verließ sie ihn in dem traurigsten Zustande. Er sah seinen Fehler entdeckt, er sah sich in dem Verdachte, der sein Verbrechen vergrößerte. Wie wollte er seine Eltern überreden, daß er das Gold nicht angegriffen? Bei der heftigen Gemütsart seines Vaters mußte er einen öffentlichen Ausbruch befürchten; er sah sich im Gegensatze von allem dem, was er sein konnte. Die Aussicht auf ein tätiges Leben, auf eine Verbindung mit Ottilien verschwand. Er sah sich verstoßen, flüchtig, und in fremden Weltgegenden allem Ungemach ausgesetzt.

Aber selbst alles dieses, was seine Einbildungskraft verwirrte, seinen Stolz verletzte, seine Liebe kränkte, war ihm nicht das Schmerzlichste. Am tiefsten verwundete ihn der Gedanke, daß sein redlicher Vorsatz, sein männlicher Entschluß, sein befolgter Plan, das Geschehene wieder gut zu machen, ganz verkannt, ganz geleugnet, gerade zum Gegenteil ausgelegt werden sollte. Wenn ihn jene Vorstellungen zu einer dunkeln Verzweiflung brachten, indem er bekennen mußte, daß er sein Schicksal verdient habe, so ward er durch diese aufs innigste gerührt, indem er die traurige Wahrheit erfuhr, daß eine Übeltat selbst gute Bemühungen zugrunde zu richten imstande ist. Diese Rückkehr auf sich selbst, diese Betrachtung, daß das edelste Streben vergebens sein sollte, machte ihn weich; er wünschte nicht mehr zu leben.

In diesen Augenblicken dürstete seine Seele nach einem höhern Beistand. Er fiel an seinem Stuhle nieder, den er mit seinen Tränen benetzte, und forderte Hülfe vom göttlichen Wesen. Sein Gebet war eines erhörenswerten Inhalts: der Mensch, der sich selbst vom Laster wieder erhebt, habe Anspruch auf eine unmittelbare Hülfe; derjenige, der keine seiner Kräfte ungebraucht lasse, könne sich da, wo sie eben ausgehen, wo sie nicht hinreichen, auf den Beistand des Vaters im Himmel berufen.

In dieser Überzeugung, in dieser dringenden Bitte verharrte er eine Zeitlang und bemerkte kaum, daß seine Türe sich öffnete und jemand hereintrat. Es war die Mutter, die mit heiterm Gesichte auf ihn zukam, seine Verwirrung sah und ihn mit tröstlichen Worten anredete. Wie glücklich bin ich, sagte sie, daß ich dich wenigstens als keinen Lügner finde, und daß ich deine Reue für wahr halten kann. Das Gold hat sich gefunden, der Vater, als er es von einem Freunde wieder erhielt, gab es dem Kassier aufzuheben, und durch die vielen Beschäftigungen des Tages zerstreut, hat er es vergessen. Mit dem Silber stimmt deine Angabe ziemlich zusammen, die Summe ist nun viel geringer. Ich konnte die Freude meines Herzens nicht verbergen, und versprach dem Vater, die fehlende Summe wieder zu verschaffen, wenn er sich zu beruhigen und weiter nach der Sache nicht zu fragen verspräche.

Ferdinand ging sogleich zur größten Freude über. Er eilte sein Handelsgeschäft zu vollbringen, stellte bald der Mutter das Geld zu, ersetzte selbst das, was er nicht genommen hatte, wovon er wußte, daß es bloß durch die Unordnung des Vaters in seinen Ausgaben vermißt wurde. Er war fröhlich und heiter, doch hatte dieser ganze Vorfall eine sehr ernste Wirkung bei ihm zurückgelassen. Er hatte sich überzeugt, daß der Mensch Kraft habe, das Gute zu wollen und zu vollbringen; er glaubte nun auch, daß dadurch der Mensch das göttliche Wesen für sich interessieren und sich dessen Beistand versprechen könne, den er eben so unmittelbar erfahren hatte. Mit großer Freudigkeit entdeckte er nun dem Vater seinen Plan, sich in jenen Gegenden niederzulassen. Er stellte die Anstalt in ihrem ganzen Werte und Umfange vor; der Vater war nicht abgeneigt, und die Mutter entdeckte heimlich ihrem Gatten das Verhältnis Ferdinands zu Ottilien. Diesem gefiel eine so glänzende Schwiegertochter, und die Aussicht, seinen Sohn ohne Kosten ausstatten zu können, war ihm sehr angenehm.

Diese Geschichte gefällt mir, sagte Luise, als der Alte geendigt hatte, und ob sie gleich aus dem gemeinen Leben genommen ist, so kommt sie mir doch nicht alltäglich vor. Denn wenn wir uns selbst fragen und andere beobachten, so finden wir, daß wir selten durch uns selbst bewegen werden, diesem oder jenem Wunsch zu entsagen; meist sind es die äußern Umstände, die uns dazu nötigen.

Ich wünschte, sagte Karl, daß wir gar nicht nötig hätten uns etwas zu versagen, sondern daß wir dasjenige gar nicht kennten, was wir nicht besitzen sollen. Leider ist in unsern Zuständen alles zusammengedrängt, alles ist bepflanzt, alle Bäume hängen voller Früchte, und wir sollen nur immer drunter weggehen, uns an dem Schatten begnügen und auf die schönsten Genüsse Verzicht tun.

Lassen Sie uns, sagte Luise zum Alten, nun Ihre Geschichte weiter hören.

Der Alte. Sie ist wirklich schon aus.

Luise. Die Entwicklung haben wir freilich gehört; nun möchten wir aber auch gerne das Ende vernehmen.

Der Alte. Sie unterscheiden richtig, und da Sie sich für das Schicksal meines Freundes interessieren, so will ich Ihnen wie es ihm ergangen noch kürzlich erzählen.

Befreit von der drückenden Last eines so häßlichen Vergehens, nicht ohne bescheidne Zufriedenheit mit sich selbst, dachte er nun an sein künftiges Glück und erwartete sehnsuchtsvoll die Rückkunft Ottiliens, um sich zu erklären und sein gegebenes Wort im ganzen Umfange zu erfüllen. Sie kam in Gesellschaft ihrer Eltern; er eilte zu ihr, er fand sie schöner und heiterer als jemals. Mit Ungeduld erwartete er den Augenblick, in welchem er sie allein sprechen und ihr seine Aussichten vorlegen könnte. Die Stunde kam, und mit aller Freude und Zärtlichkeit der Liebe erzählte er ihr seine Hoffnungen, die Nähe seines Glücks und den Wunsch, es mit ihr zu teilen. Allein wie verwundert war er, ja wie bestürzt, als sie die ganze Sache sehr leichtsinnig, ja man dürfte beinahe sagen höhnisch aufnahm. Sie scherzte nicht ganz fein über die Einsiedelei, die er sich ausgesucht habe, über die Figur, die sie beide spielen würden, wenn sie sich als Schäfer und Schäferin unter ein Strohdach flüchteten und was dergleichen mehr war.

Betroffen und erbittert kehrte er in sich zurück; ihr Betragen hatte ihn verdrossen, und er ward einen Augenblick kalt. Sie war ungerecht gegen ihn gewesen, und nun bemerkte er Fehler an ihr, die ihm sonst verborgen geblieben waren. Auch brauchte es kein sehr helles Auge, um zu sehen, daß ein sogenannter Vetter, der mit angekommen war, ihre Aufmerksamkeit auf sich zog und einen großen Teil ihrer Neigung gewonnen hatte.

Bei dem unleidlichen Schmerz, den Ferdinand empfand, nahm er sich doch bald zusammen, und die Überwindung, die ihm schon einmal gelungen war, schien ihm zum zweiten Male möglich. Er sah Ottilien oft und gewann über sich, sie zu beobachten; er tat freundlich, ja zärtlich gegen sie, und sie nicht weniger gegen ihn; allein ihre Reize hatten ihre größte Macht verloren, und er fühlte bald, daß selten bei ihr etwas aus dem Herzen kam, daß sie vielmehr nach Belieben zärtlich und kalt, reizend und abstoßend, angenehm und launisch sein konnte. Sein Gemüt machte sich nach und nach von ihr los, und er entschloß sich auch noch die letzten Faden entzwei zu reißen.

Diese Operation war schmerzhafter, als er sich vorgestellt hatte. Er fand sie eines Tages allein und nahm sich ein Herz, sie an ihr gegebenes Wort zu erinnern und jene Augenblicke ihr ins Gedächtnis zurückzurufen, in denen sie beide, durch das zarteste Gefühl gedrungen, eine Abrede auf ihr künftiges Leben genommen hatten. Sie war freundlich, ja man kann fast sagen zärtlich; er ward weicher und wünschte in diesem Augenblicke, daß alles anders sein möchte als er sich vorgestellt hatte. Doch nahm er sich zusammen und trug ihr die Geschichte seines bevorstehenden Etablissements mit Ruhe und Liebe vor. Sie schien sich darüber zu freuen und gewissermaßen nur zu bedauern, daß dadurch ihre Verbindung weiter hinausgeschoben werde. Sie gab zu erkennen, daß sie nicht die mindeste Lust habe die Stadt zu verlassen; sie ließ ihre Hoffnung sehen, daß er sich, durch einige Jahre Arbeit in jenen Gegenden, in den Stand setzen könnte, auch unter seinen jetzigen Mitbürgern eine große Figur zu spielen. Sie ließ ihn nicht undeutlich merken, daß sie von ihm erwarte, daß er künftig noch weiter als sein Vater gehen und sich in allem noch ansehnlicher und rechtlicher zeigen werde.

Nur zu sehr fühlte Ferdinand, daß er von einer solchen Verbindung kein Glück zu erwarten habe, und doch war es schwer so vielen Reizen zu entsagen. Ja vielleicht wäre er ganz unschlüssig von ihr weggegangen, hätte ihn nicht der Vetter abgelöst, und in seinem Betragen allzuviel Vertraulichkeit gegen Ottilien gezeigt. Ferdinand schrieb ihr darauf einen Brief, worin er ihr nochmals versicherte, daß sie ihn glücklich machen würde, wenn sie ihm zu seiner neuen Bestimmung folgen wollte; daß er aber für beide nicht rätlich hielte, eine entfernte Hoffnung auf künftige Zeiten zu nähren, und sich auf eine ungewisse Zukunft durch ein Versprechen zu binden.

Noch auf diesen Brief wünschte er eine günstige Antwort; allein sie kam nicht wie sein Herz, sondern wie sie seine Vernunft billigen mußte. Ottilie gab ihm auf eine sehr zierliche Art sein Wort zurück, ohne sein Herz ganz loszulassen, und eben so sprach das Billett auch von ihren Empfindungen; dem Sinne nach war sie gebunden und ihren Worten nach frei.

Was soll ich nun weiter umständlich sein? Ferdinand eilte in seine friedlichen Gegenden zurück, seine Einrichtung war bald gemacht; er war ordentlich und fleißig, und ward es nur um so mehr, als das gute natürliche Mädchen, die wir schon kennen, ihn als Gattin beglückte, und der alte Oheim alles tat seine häusliche Lage zu sichern und bequem zu machen.

Ich habe ihn in spätern Jahren kennen lernen, umgeben von einer zahlreichen wohlgebildeten Familie. Er hat mir seine Geschichte selbst erzählt; und wie es Menschen zu gehen pflegt, denen irgend etwas Bedeutendes in früherer Zeit begegnet, so hatte sich auch jene Geschichte so tief bei ihm eingedrückt, daß sie einen großen Einfluß auf sein Leben hatte. Selbst als Mann und Hausvater pflegte er sich manchmal etwas, das ihm Freude würde gemacht haben, zu versagen, um nur nicht aus der Übung einer so schönen Tugend zu kommen, und seine ganze Erziehung bestand gewissermaßen darin, daß seine Kinder sich gleichsam aus dem Stegreife etwas mußten versagen können.

Auf eine Weise, die ich im Anfang nicht billigen konnte, untersagte er, zum Beispiel, einem Knaben bei Tische von einer beliebten Speise zu essen. Zu meiner Verwunderung blieb der Knabe heiter, und es war, als wenn nichts weiter geschehen wäre.

Und so ließen die ältesten aus eigener Bewegung manchmal ein edles Obst oder sonst einen Leckerbissen vor sich vorbeigehen; dagegen erlaubte er ihnen, ich möchte wohl sagen alles, und es fehlte nicht an

Arten und Unarten in seinem Hause. Er schien über alles gleichgültig zu sein und ließ ihnen eine fast unbändige Freiheit; nur fiel es ihm die Woche einmal ein, daß alles auf die Minute geschehen mußte; alsdann wurden des Morgens gleich die Uhren reguliert, ein jeder erhielt seine Ordre für den Tag, Geschäfte und Vergnügungen wurden gehäuft, und niemand durfte eine Sekunde fehlen. Ich könnte Sie stundenlang von seinen Gesprächen und Anmerkungen über diese sonderbare Art der Erziehung unterhalten. Er scherzte mit mir als einem katholischen Geistlichen über meine Gelübde und behauptete, daß eigentlich jeder Mensch sowohl sich selbst Enthaltsamkeit als andern Gehorsam geloben sollte; nicht um sie immer, sondern um sie zur rechten Zeit auszuüben.

Die Baronesse machte eben einige Anmerkungen und gestand, daß dieser Freund im ganzen wohl recht gehabt habe: denn so komme auch in einem Reiche alles auf die exekutive Gewalt an; die gesetzgebende möge so vernünftig sein als sie wolle, es helfe dem Staate nichts, wenn die ausführende nicht mächtig sei.

Luise sprang ans Fenster, denn sie hörte Friedrichen zum Hofe hereinreiten. Sie ging ihm entgegen und führte ihn ins Zimmer. Er schien heiter, ob er gleich von Szenen des Jammers und der Verwüstung kam, und anstatt sich in eine genaue Erzählung des Brandes einzulassen, der das Haus ihrer Tante betroffen, versicherte er, daß es ausgemacht sei, daß der Schreibtisch zu eben der Stunde dort verbrannt sei, da der ihrige hier so heftige Sprünge bekommen hatte.

In eben dem Augenblicke, sagte er, als der Brand sich schon dem Zimmer näherte, rettete der Verwalter noch eine Uhr, die auf eben diesem Schreibtische stand. Im Hinaustragen mochte sich etwas am Werke verrücken und sie blieb auf halb zwölfe stehen. Wir haben also wenigstens was die Zeit betrifft eine völlige Übereinstimmung. Die Baronesse lächelte, der Hofmeister behauptete, daß, wenn zwei Dinge zusammenträfen, man deswegen noch nicht auf ihren Zusammenhang schließen könne. Luisen gefiel es dagegen diese beiden Vorfälle zu verknüpfen, besonders da sie von dem Wohlbefinden ihres Bräutigams

Nachricht erhalten hatte; und man ließ der Einbildungskraft abermals vollkommen freien Lauf.

Wissen Sie nicht, sagte Karl zum Alten, uns irgendein Märchen zu erzählen? Die Einbildungskraft ist ein schönes Vermögen, nur mag ich nicht gern, wenn sie das, was wirklich geschehen ist, verarbeiten will; die luftigen Gestalten, die sie erschafft, sind uns als Wesen einer eigenen Gattung sehr willkommen; verbunden mit der Wahrheit bringt sie meist nur Ungeheuer hervor und scheint mir alsdann gewöhnlich mit dem Verstand und der Vernunft im Widerspruche zu stehen. Sie muß sich, deucht mich, an keinen Gegenstand hängen, sie muß uns keinen Gegenstand aufdringen wollen, sie soll, wenn sie Kunstwerke hervorbringt, nur wie eine Musik auf uns selbst spielen, uns in uns selbst bewegen, und zwar so, daß wir vergessen, daß etwas außer uns sei, das diese Bewegung hervorbringt.

Fahren Sie nicht fort, sagte der Alte, Ihre Anforderungen an ein Produkt der Einbildungskraft umständlicher auszuführen. Auch das gehört zum Genuß an solchen Werken, daß wir ohne Forderungen genießen, denn sie selbst kann nicht fordern, sie muß erwarten was ihr geschenkt wird. Sie macht keine Pläne, nimmt sich keinen Weg vor, sondern sie wird von ihren eigenen Flügeln getragen und geführt, und indem sie sich hin und her schwingt, bezeichnet sie die wunderlichsten Bahnen, die sich in ihrer Richtung stets verändern und wenden. Lassen Sie auf meinem gewöhnlichen Spaziergange erst die sonderbaren Bilder wieder in meiner Seele lebendig werden, die mich in frühern Jahren oft unterhielten. Diesen Abend verspreche ich Ihnen ein Märchen, durch das Sie an nichts und an alles erinnert werden sollen.

Man entließ den Alten gern, um so mehr, da jedes von Friedrichen Neuigkeiten und Nachrichten von dem, was indessen geschehen war, einzuziehen hoffte.

*

Das Märchen

('Das Märchen' ist die letzte Erzählung aus Goethe's Novellenzyklus 'Unterhaltungen deutscher Ausgewanderter' von 1795, zuerst erscheinen in der von Schiller hrsg. Zeitschrift 'Die Horen')

An dem großen Flusse, der eben von einem starken Regen geschwollen und übergetreten war, lag in seiner kleinen Hütte, müde von den Anstrengungen des Tages, der alte Fährmann und schlief. Mitten in der Nacht weckten ihn einige laute Stimmen; er hörte, daß Reisende übergesetzt sein wollten.

Als er vor die Tür hinaus trat, sah er zwei große Irrlichter über dem angebundenen Kahne schweben, die ihm versicherten, daß sie große Eile hätten und schon an jenem Ufer zu sein wünschten. Der Alte säumte nicht, stieß ab und fuhr, mit seiner gewöhnlichen Geschicklichkeit, quer über den Strom, indes die Fremden in einer unbekannten, sehr behenden Sprache gegeneinander zischten und mitunter in ein lautes Gelächter ausbrachen, indem sie bald auf den Rändern und Bänken, bald auf dem Boden des Kahns hin- und widerhüpften.

Der Kahn schwankt! rief der Alte; und wenn ihr so unruhig seid, kann er umschlagen; setzt euch, ihr Lichter!

Sie brachen über diese Zumutung in ein großes Gelächter aus, verspotteten den alten und waren noch unruhiger als vorher. Er trug ihre Unarten mit Geduld, und stieß bald am jenseitigen Ufer an.

Hier ist für Eure Mühe! riefen die Reisenden, und es fielen, indem sie sich schüttelten, viele glänzende Goldstücke in den feuchten Kahn. Ums Himmels willen, was macht ihr? rief der Alte. Ihr bringt mich ins größte Unglück! Wäre ein Goldstück ins Wasser gefallen, so würde der Strom, der dies Metall nicht leiden kann, sich in entsetzliche Wellen erhoben, das Schiff und mich verschlungen haben, und wer weiß, wie es euch gegangen sein würde! Nehmt euer Geld wieder zu euch!

Wir können nichts wieder zu uns nehmen, was wir abgeschüttelt haben, versetzten jene.

So macht ihr mir noch die Mühe, sagte der Alte, indem er sich bückte und die Goldstücke in seine Mütze las, daß ich sie zusammensuchen, ans Land tragen und vergraben muß.

Die Irrlichter waren aus dem Kahne gesprungen, und der Alte rief: Wo bleibt nun mein Lohn?

Wer kein Gold nimmt, mag umsonst arbeiten! riefen die Irrlichter. – Ihr müßt wissen, daß man sich nur mit den Früchten der Erde bezahlen kann. – Mit Früchten der Erde? Wir verschmähen sie, und haben sie nie genossen. – Und doch kann ich euch nicht loslassen, bis ihr mir versprecht, daß ihr mir drei Kohlhäupter, drei Artischocken und drei große Zwiebeln liefert.

Die Irrlichter wollten scherzend davonschlüpfen, allein sie fühlten sich auf eine unbegreifliche Weise an den Boden gefesselt; es war die unangenehmste Empfindung die sie jemals gehabt hatten. Sie versprachen seine Forderung nächstens zu befriedigen; er entließ sie und stieß ab. Er war schon weit hinweg als sie ihm nachriefen: Alter! hört Alter! wir haben das Wichtigste vergessen! Er war fort und hörte sie nicht. Er hatte sich an derselben Seite den Fluß hinab treiben lassen, wo er in einer gebirgigen Gegend, die das Wasser niemals erreichen konnte, das gefährliche Gold verscharren wollte. Dort fand er zwischen hohen Felsen eine ungeheure Kluft, schüttete es hinein und fuhr nach seiner Hütte zurück.

In dieser Kluft befand sich die schöne grüne Schlange, die durch die herabklingende Münze aus ihrem Schlaf geweckt wurde. Sie ersah die kaum die leuchtenden Scheiben, als sie solche auf der Stelle mit großer Begierde verschlang, und alle Stücke, die sich in dem Gebüsch uns zwischen den Felsritzen zerstreut hatten, sorgfältig aufsuchte.

Kaum waren sie verschlungen, so fühlte sie mit der angenehmsten Empfindung das Gold in ihren Eingeweiden schmelzen und sich durch ihren ganzen Körper ausbreiten, und zur größten Freude bemerkte sie, daß sie durchsichtig und leuchtend geworden war. Lange hatte man ihr schon versichert, daß diese Erscheinung möglich sei; weil sie aber zweifelhaft war, ob dieses Licht lange dauern könne, so trieb sie die Neugierde und der Wunsch, sich für die Zukunft sicherzustellen, aus dem Felsen heraus, um zu untersuchen, wer das schöne Geld hereingestreut haben könnte. Sie fand niemanden. Desto angenehmer war es ihr, sich selbst, da sie zwischen Kräutern und Gesträuchen hinkroch, und ihr anmutiges Licht, das sie durch das frische Grün verbreitete, zu bewundern. Alle Blätter schienen von Smaragd, alle Blumen auf das herrlichste verklärt. Vergebens durchstrich sie die einsame Wildnis; desto mehr aber wuchs ihre Hoffnung, als sie auf die Fläche kam und von weitem einen Glanz, der dem ihrigen ähnlich war, erblickte. Find' ich doch endlich meinesgleichen! rief sie aus und eilte nach der Gegend zu. Sie achtete nicht die Beschwerlichkeit durch Sumpf und Rohr zu kriechen; denn ob sie gleich auf trockenen Bergwiesen, in hohen Felsritzen am liebsten lebte, gewürzhafte Kräuter gerne genoß und mit zartem Tau und frischem Quellwasser ihren Durst gewöhnlich stillte, so hätte sie doch des lieben Goldes willen und in Hoffnung des herrlichen Lichtes alles unternommen, was man ihr auferlegte.

Sehr ermüdet gelangte sie endlich zu einem feuchten Ried, wo unsere beiden Irrlichter hin- und widerspiegelten. Sie schoß auf sie los, begrüßte sie, und freute sich so angenehme Herren von ihrer Verwandtschaft zu finden. Die Lichter strichen an ihr her, hüpften über sie weg und lachten nach ihrer Weise. Frau Muhme, sagten sie, wenn Sie schon von der horizontalen Linie sind, so hat das doch nichts zu bedeuten; freilich sind wir nur von seiten des Scheins verwandt, denn sehen sie nur (hier machten beide Flammen indem sie ihre ganze Breite aufopferten, sich so lang und spitz als möglich) wie schön uns Herren von der vertikalen Linie diese schlanke Länge kleidet; nehmen Sie's uns nicht übel, meine Freundin, welche Familie kann sich des rühmen? So lang es Irrlichter gibt, hat noch keines weder gesessen noch gelegen.

Die Schlange fühlte sich in der Gegenwart dieser Verwandten sehr unbehaglich, denn sie mochte den Kopf so hoch heben als sie wollte, so fühlte die doch, daß sie ihn wieder zur Erde biegen mußte, um von der Stelle zu kommen, und hatte sie sich vorher im dunklen Hain außerordentlich wohlgefallen, so schien ihr Glanz in Gegenwart dieser Vettern sich jeden Augenblick zu vermindern, ja sie fürchtete, daß er endlich gar verlöschen werde. In dieser Verlegenheit fragte sie eilig, ob die Herren ihr nicht etwa Nachricht geben könnten, wo das glänzende Gold herkomme, das vor kurzem in die Felskluft gefallen sei; sie vermute, es sei ein Goldregen, der unmittelbar vom Himmel träufle. Die Irrlichter lachten und schüttelten sich, und es sprangen eine große Menge Goldstücke um sie herum. Die Schlange fuhr schnell danach sie zu verschlingen. Laßt es Euch schmecken, Frau Muhme, sagten die artigen Herren, wir können noch mit mehr aufwarten. Sie schüttelten sich noch einige Male mit großer Behendigkeit, so daß die Schlange kaum die kostbare Speise schnell genug hinunterbringen konnte. Sichtlich fing ihr Schein an zu wachsen, und sie leuchtete wirklich auf's herrlichste, indes die Irrlichter ziemlich mager und klein geworden waren, ohne jedoch von ihrer guten Laune das mindeste zu verlieren.

Ich bin euch auf ewig verbunden, sagte die Schlange, nachdem sie von ihrer Mahlzeit wieder zu Atem gekommen war, fordert von mir was ihr wollt; was in meinen Kräften ist, will ich euch leisten.

Recht schön! riefen die Irrlichter, sage, wo wohnt die schöne Lilie? Führ uns so schnell als möglich zum Palaste und Garten der schönen Lilie, wir sterben vor Ungeduld, uns ihr zu Füßen zu werfen.

Diesen Dienst, versetzte die Schlange mit einem tiefen Seufzer, kann ich euch sogleich nicht leisten. Die schöne Lilie wohnt leider jenseits des Wassers. – Jenseits des Wassers! Und wir lassen uns in dieser stürmischen Nacht übersetzen! Wie grausam ist der Fluß, der uns nun scheidet! Sollte es nicht möglich sein, des Alten wieder zu errufen?

Sie würden sich vergebens bemühen, versetzte die Schlange, denn wenn Sie ihn ach selbst an dem diesseitigen Ufer anträfen, so würde er Sie nicht einnehmen; er darf jedermann herüber, niemand hinüber bringen. – Da haben wir uns schön gebettet! Gibt es denn kein anderes Mittel, über das Wasser zu kommen? – Noch einige, nur nicht in diesem Augenblick. Ich selbst kann die Herren übersetzen, aber erst in der Mittagsstunde. – Das ist eine Zeit, in der wir nicht gerne reisen. – So können Sie abends auf dem Schatten des Riesen hinüberfahren. – Wie geht das zu? – Der große Riese, der nicht weit von hier wohnt, vermag mit seinem Körper nichts; seine Hände heben keinen Strohhalm, seine Schultern würden kein Reisblatt tragen; aber sein Schatten vermag viel, ja alles. Deswegen ist er beim Aufgang und Untergang der Sonne am mächtigsten, und so darf man sich abends nur auf den Nacken seines Schattens setzen, der Riese geht alsdann sachte gegen das Ufer zu und der Schatten bringt den Wanderer über das Wasser hinüber. Wollen Sie aber um Mittagszeit sich an jener Waldecke einfinden, wo das Gebüsch dicht ans Ufer stößt, so kann ich Sie übersetzen und der schönen Lilie vorstellen; scheuen Sie hingegen die Mittagshitze, so dürfen Sie nur gegen Abend in jener Felsenbucht den Riesen aufsuchen, der sich gewiß recht gefällig zeigen wird.

Mit einer leichten Verbeugung entfernten sich die jungen Herren, und die Schlange war zufrieden von ihnen loszukommen, teils um sich in ihrem eignen Lichte zu erfreuen, teils eine Neugierde zu befriedigen, von der die schon lange auf eine sonderbare Weise gequält wird.

In den Felsklüften, in denen sie oft hin- und widerkroch, hatte sie an einem Orte eine seltsame Entdeckung gemacht. Denn ob sie gleich durch diese Abgründe ohne ein Licht zu kriechen genötigt war, so konnte sie doch durch Gefühl die Gegenstände recht wohl unterscheiden. Nur unregelmäßige Naturprodukte war sie gewohnt überall zu finden; bald schlang sie sich zwischen den Zacken großer Kristalle hindurch, bald fühlte sie die Haken und Haare des gediegenen Silbers, und brachte ein und den anderen Edelstein mit ans Licht hervor. Doch hatte sie zu ihrer großen Verwunderung in einem ringsum verschlossenen Felsen Gegenstände gefühlt, welche die bildende Hand des Menschen verrieten. Glatte Wände, an denen sie nicht aufsteigen konnte, scharfe regelmäßige Kanten, wohlgebildete Säulen und, was ihr am sonderbarsten vorkam, menschliche Figuren, um die sie sich mehrmals geschlungen hatte, und die für Erz oder äußerst polierten Marmor halten mußte. Alle diese Erfahrungen wünschte sie noch zuletzt durch den Sinn des Auges zusammenzufassen und das, was sie nur mutmaßte, zu bestätigen. Sie glaubte sich nun fähig durch ihr eigenes Licht dieses wunderbare unterirdische Gewölbe zu erleuchten und hoffe auf einmal mit diesen sonderbaren Gegenständen völlig bekannt zu werden. Sie eilte und fand auf dem gewohnten Weg bald die Ritze, durch sie in das Heiligtum zu schleichen pflegte.

Als sie sich am Orte befand, sah sie sich mit Neugier um, und obgleich ihr Schein alle Gegenstände der Rotonde nicht erleuchten konnte, so wurden ihr doch die nächsten deutlich genug. Mit Erstaunen und Ehrfurcht sah sie in eine glänzende Nische hinauf, in welcher das Bildnis eines ehrwürdigen Königs in lauterem Golde aufgestellt war. Dem Maß nach war die Bildsäule über Menschengröße, der Gestalt nach aber das Bildnis eher eines kleinen als eines großen Mannes. Sein wohlgebildeter Körper war mit einem einfachen Mantel umgeben, und ein Eichenkranz hielt seine Haare zusammen.

Kaum hatte die Schlange dieses ehrwürdige Bildnis angeblickt, als der König zu reden anfing und fragte: Wo kommst du her? – Aus den Klüften, versetzte die Schlange, in denen das Gold wohnt. – Was ist herrlicher als Gold? fragte der König. – Das Licht, antwortete die Schlange. – Was ist erquicklicher als Licht? fragte jener. – Das Gespräch, antwortete diese.

Sie hatte unter diesen Reden beiseite geschielt und in der nächsten Nische ein anderes herrliches Bild gesehen. In derselben saß ein silberner König, von langer und eher schmächtiger Gestalt; sein Körper war mit einem verzierten Gewande überdeckt, Krone, Gürtel und Zepter mit Edelsteinen geschmückt; er hatte die Heiterkeit des Stolzes in seinem Angesichte und schien eben reden zu wollen, als an der normalen Wand eine Ader, die dunkelfarbig hindurchlief, auf einmal hell ward und ein angenehmes Licht durch den ganzen Tempel verbreitete. Bei diesem Licht sah die Schlange den dritten König, der von Erz in mächtiger Gestalt dasaß, sich auf seine Keule lehnte, mit einem Lorbeerkranz geschmückt war, und eher einem Felsen als einem Menschen glich. Sie wollte sich nach dem vierten umsehen, der in der größten Entfernung vor ihr stand, aber die Mauer öffnete sich, indem die erleuchtete Ader wie ein Blitz zuckte und verschwand.

Ein Mann von mittlere Größe, der heraustrat, zog die Aufmerksamkeit der Schlange auf sich. Er war als ein Bauer gekleidet und trug eine kleine Lampe in der Hand, in deren stille Flamme man gerne hineinsah, und die auf eine wundersame Weise, ohne auch nur einen Schatten zu werfen, den ganzen Dom erhellte.

Warum kommst du, da wir Licht haben? fragte der goldene König. – Ihr wißt, daß ich das Dunkle nicht erleuchten darf. – Endigt sich mein Reich? fragte der silberne König. – Spät oder nie, versetzte der Alte.

Mit einer starken Stimme fing der eheren König an zu fragen: Wann werde ich aufstehn? – Bald, versetzte der Alte. – Mit wem soll ich mich verbinden? fragte der König. – Mit deinen älteren Brüdern, sagte der Alte. – Was wird aus dem jüngsten werden? fragte der König. – Er wird sich setzen, sagte der Alte.

Ich bin nicht müde, rief der vierte König mit einer rauhen stotternden Stimme.

Die Schlange war, indessen jene redeten, in dem Tempel leise herumgeschlichen, hatte alles betrachtet und besah nunmehr den vierten König in der Nähe. Er stand an eine Säule gelehnt, und seine ansehnliche Gestalt war eher schwerfällig als schön. Allein das Metall, woraus er gegossen war, konnte man nicht leicht unterscheiden. Genau genommen war eine Mischung der drei Metalle, aus denen seine Brüder gebildet waren. Aber beim Gusse schienen diese Materien nicht recht zusammengeschmolzen zu sein; goldne und silberne Adern liefen unregelmäßig durch eine eherne Masse hindurch, und gaben dem ganzen ein unangenehmes Ansehn.

Indessen sagte der goldne König zum Manne: Wie viel Geheimnis weißt du? – Drei, versetzte der Alte. – Welches ist das wichtigste? fragte der silberne König. – Das offenbare, versetzte der Alte. – Willst du es auch uns eröffnen? fragte der eherne. – Sobald ich das vierte weiß, sagte der Alte. – Was kümmert's mich! murmelte der zusammengesetzte König vor sich hin.

Ich weiß das vierte, sagte die Schlange, näherte sich dem Alten und zischte ihm etwas ins Ohr. – Es ist an der Zeit! rief der Alte mit gewaltiger Stimme. Der Tempel schallte wider, die metallenen Bildsäulen klangen, und in dem Augenblicke versank der Alte nach Westen und die Schlange nach Osten, und jedes durchstrich mit großer Schnelle die Klüfte der Felsen.

Alle Gänge, durch die der Alte hindurch wandelte, füllten sich hinter ihm sogleich mit Gold, denn seine Lampe hatte die wunderbare Eigenschaft, alle Steine in Gold, alles Holz in Silber, tote Tiere in Edelsteine zu verwandeln, und alle Metalle zu vernichten; diese Wirkung zu äußern mußte sie aber ganz allein leuchten. Wenn ein ander Licht neben ihr war, wirkte sie nur einen schönen Schein, und alles Lebendigkeit ward immer durch sie erquickt.

Der Alte trat in seine Hütte, die an dem Berge angebauet war, und fand sein Weib in der größten Betrübnis. Sie saß am Feuer und weinte und konnte sich nicht zufrieden geben. Wie unglücklich bin ich, rief sie aus, wollt' ich dich heute doch nicht fortlassen! – Was gibt es denn? fragte der Alte ganz ruhig.

Kaum bist du weg, sagte sie mit Schluchzen, so kommen zwei ungestüme Wanderer vor die Türe; unvorsichtig lasse ich sie herein, es schienen ein paar artige rechtliche Leute; sie waren in leichte Flammen gekleidet, man hätte sie für Irrlichter halten können: kaum sind sie im Hause, so fangen sie an, auf eine unverschämte Weise, mit Worten zu schmeicheln, und werden so zudringlich, daß ich mich schäme daran zu denken.

Nun, versetzte der Mann lächelnd, die Herren haben wohl gescherzt; denn deinem Alter nach sollten sie es wohl bei der allgemeinen Höflichkeit gelassen haben.

Was Alter! rief die Frau; soll ich immer von meinem Alter hören? Wie alt bin ich denn? Gemeine Höflichkeit! Ich weiß doch was ich weiß. Und sieh dich nur um, wie die Wände aussehen; sieh nur die alten Steine, die ich seit hundert Jahren nicht mehr gesehen habe; alles Gold haben sie heruntergeleckt, du glaubst nicht mit welcher Behendigkeit, und sie versicherten immer, es schmecke viel besser als gemeines Gold. Als die Wände rein gefegt hatten, schienen sie sehr guten Mutes, und gewiß, sie waren auch in kurzer Zeit sehr viel größer, breiter und glänzender geworden. Nun fingen sie ihren Mutwillen von neuem an, streichelten mich wieder, hießen mich ihre Königin, schüttelten sich und eine Menge Goldstücke sprangen herum; du siehst noch, wie sie dort unter der Bank leuchten; aber welch ein Unglück! Unser Mops fraß einige davon und sieh, da liegt er am Kamine tot; das arme Tier! Ich kann mich nicht zufrieden geben. Ich sah es erst, da sie fort waren, denn sonst hätte ich nicht versprochen, ihre Schuld beim Fährmann abzutragen. – Was sind sie schuldig? fragte der Alte. – Drei Kohlhäupter, sagte die Frau, drei Artischocken und drei Zwiebeln: wenn es Tag wird, habe ich versprochen, sie an den Fluß zu tragen.

Du kannst ihnen den Gefallen tun, sagte der Alte; denn sie werden uns gelegentlich auch wieder dienen.

Ob sie uns dienen werden, weiß ich nicht, aber versprochen und beteuert haben sie es.

Indessen war das Feuer im Kamine zusammengebrannt, der Alte überzog die Kohlen mit vieler Asche, schaffte die leuchtenden Goldstücke beiseite, und nun leuchtete sein Lämpchen wieder allein, in dem schönen Glanze, die Mauern überzogen sich mit Gold und der Mops war zu dem schönsten Onyx geworden, den man sich denken konnte. Die Abwechslung der braunen und schwarzen Farbe des kostbaren Gesteins machte ihn zum seltensten Kunstwerke.

Nimm deinen Korb, sagte der Alte, und stelle den Onyx hinein; alsdann nimm die drei Kohlhäupter, die drei Artischocken und die drei Zwiebeln, lege sie umher und trage sie zum Flusse. Gegen Mittag laß dich von der Schlange übersetzen und besuche die schöne Lilie, bring ihr den Onyx, sie wird ihn durch ihre Berührung lebendig machen, wie sie alles Lebendige durch ihre Berührung tötet; sie wird einen treuen Gefährten an ihm haben. Sage ihr, sie solle nicht trauern, ihre Erlösung sei nahe, das größte

Unglück könne sie als das größte Glück betrachten, denn es sei an der Zeit.

Die Alte packte ihren Korb und machte sich, als es Tag war, auf den Weg. Die aufgehende Sonne schien hell über den Fluß herüber, der in der Ferne glänzte; das Weib ging mit langsamem Schritt, denn der Korb drückte sie aufs Haupt, und es war doch nicht der Onyx, der so lastete. Alles Tote was sie trug fühlte sie nicht, vielmehr hob sich alsdann der Korb in die Höhe und schwebte über ihrem Haupte. Aber ein frisches Gemüs oder ein kleines lebendiges Tier zu tragen, war ihr äußerst beschwerlich. Verdrießlich war sie eine Zeitlang hingegangen, als sie auf einmal, erschreckt, stille stand; denn sie hätte beinahe auf den Schatten des Riesen getreten, der sich über die Ebene bis zu ihr hin erstreckte. Und nun sah sie erst den gewaltigen Riesen, der sich im Fluß gebadet hatte, aus dem Wasser heraussteigen, und sie wußte nicht, wie sie ihm ausweichen sollte. Sobald er sie gewahr war, fing er an sie scherzhaft zu begrüßen, und die Hände seines Schattens griffen sogleich in den Korb. Mit Leichtigkeit und Geschicklichkeit nahmen sie ein Kohlhaupt, eine Artischocke und eine Zwiebel heraus und brachten sie dem Riesen zum Munde, der sodann weiter den Fluß hinauf ging und dem Weibe den Weg frei ließ.

Sie bedachte, ob sie nicht lieber zurückgehen und die fehlenden Stücke aus ihrem Garten wieder ersetzen sollte, und ging unter diesen Zweifeln immer weiter vorwärts, so daß sie bald an dem Ufer des Flusses ankam. Lange saß sie in Erwartung des Fährmanns, den sie endlich mit einem sonderbaren Reisenden herüberschiffen sah. Ein junger, edler, schöner Mann, den sie nicht genug ansehen konnte, stieg aus dem Kahne.

Was bringt ihr? rief der Alte. – Es ist das Gemüse, das Euch die Irrlichter schuldig sind, versetzte die Frau und wies ihre Ware hin. Als der Alte von jeder Sorte nur zwei fand, ward er verdrießlich und versicherte, daß er sie nicht annehmen könne. Die Frau bat ihn inständig, erzählte ihm, daß sie jetzt nicht nach Hause gehen könne und daß ihr die Last auf dem Wege, den sie vor sich habe, beschwerlich sei. Er blieb bei seiner abschlägigen Antwort, indem er ihr versicherte, daß es nicht einmal von ihm abhange. Was mir gebührt, muß ich neun Stunden zusammen lassen, und ich darf nichts annehmen, bis ich dem Fluß ein Dritteil übergeben habe. Nach vielem Hinundwiderreden versetzte endlich der Alte: Es ist noch ein Mittel. Wenn Ihr Euch gegen den Fluß verbürgt und Euch als Schuldnerin bekennen wollt, so nehm' ich die sechs Stücke zu mir, es ist aber einige Gefahr dabei. – Wenn ich mein Wort halte, so laufe ich doch keine Gefahr? – Nicht die geringste. Steckt Eure Hand in den Fluß, fuhr der Alte fort, und versprecht, daß Ihr in vierundzwanzig Stunden die Schuld abtragen wollt.

Die Alte tat's, aber wie erschrak sie nicht, als sie ihre Hand kohlschwarz wieder aus dem Wasser zog. Sie schalt heftig auf den Alten, versicherte, daß ihre Hände immer das Schönste an ihr gewesen wären, und daß sie, ungeachtet der harten Arbeit, diese edlen Gemüter weiß und zierlich zu erhalten gewußt habe. Sie besah die Hand mit großem Verdrusse und rief verzweiflungsvoll aus: Das ist noch schlimmer! Ich sehe, sie ist gar geschwunden, sie ist viel kleiner als die andere.

Jetzt scheint es nur so, sagte der Alte; wenn ihr aber nicht Wort haltet, kann es wahr werden. Die Hand wird nach und nach schwinden und endlich ganz verschwinden, ohne daß ihr den Gebrauch derselben entbehrt. Ihr werdet alles damit verrichten können, nur daß sie niemand sehen wird. – Ich wollte lieber, ich könnte sie nicht brauchen und man säh's mir's nicht an, sagte die Alte; indessen hat das nichts zu bedeuten, ich werde mein Wort halten, um diese schwarze Haut und diese Sorge bald los zu werden. Eilig nahm sie darauf den Korb, der sich von selbst über ihren Scheitel erhob und frei in die Höhe schwebte, und eilte dem jungen Manne nach, der sachte und in Gedanken am Ufer hinging. Seine herrliche Gestalt und sein sonderbarer Anzug hatten sich der Alten tief eingedruckt.

Seine Brust war mit einem glänzenden Harnisch bedeckt, durch den alle Teile seines schönen Leibes sich durchbewegten. Um seine Schultern hing ein Purpurmantel, um sein unbedecktes Haupt wallten braune Haare in schönen Locken; sein holdes Gesicht war den Strahlen der Sonne ausgesetzt, so wie seine schön gebauten Füße. Mit nackten Sohlen ging er gelassen über den heißen Sand hin, und ein tiefer Schmerz schien alle äußeren Eindrücke abzustumpfen.

Die gesprächige Alte suchte ihn zu einer Unterredung zu bringen, allein er gab ihr mit kurzen Worten wenig Bescheid, so daß sie endlich, ungeachtet seiner schönen Augen, müde war ihn immer vergebens anzureden, von ihm Abschied nahm und sagte: Ihr geht mir zu langsam, mein Herr, ich darf den Augenblick nicht versäumen, um über die grüne Schlange den Fluß zu passieren und der schönen Lilie das vortreffliche Geschenk von meinem Manne zu überbringen. Mit diesen Worten schritt sie eilends fort und ebenso schnell ermannte sich der schöne Jüngling und eilte ihr auf dem Fuße nach. Ihr geht zur schönen Lilie! rief er aus, da gehen wir einen Weg. Was ist das für ein Geschenk, das ihr tragt?

Mein Herr, versetzte die Frau dagegen, es ist nicht billig, nachdem ihr meine Fragen so einsilbig abgelehnt habt, Euch mit solcher Lebhaftigkeit nach meinen Geheimnissen zu erkundigen. Wollt ihr aber einen Tausch eingehen und Eure Schicksale erzählen, so will ich Euch nicht verbergen, wie es mit mir und meinem Geschenke steht. Sie wurden bald einig; die Frau vertraute ihm ihre Verhältnisse, die Geschichte des Hundes, und ließ ihn dabei das wundervolle Geschenk betrachten.

Er hob sogleich das natürliche Kunstwerk aus dem Korbe und nahm den Mops, der sanft zu ruhen schien, in seine Arme. Glückliches Tier! rief er aus, du wirst von ihren Händen berührt, du wirst von ihr belebt werden, anstatt daß Lebendige vor ihr fliehen, um nicht ein trauriges Schicksal zu erfahren. Doch was sage ich traurig! ist es nicht viel betrübter und bänglicher durch ihre Gegenwart gelähmt zu werden, als es sein würde von ihrer Hand zu sterben! Sieh mich an, sagte er zu der Alten; in meinen Jahren, welch eine elenden Zustand muß ich erdulden. Diesen Harnisch, den ich mit Ehren im Kriege getragen, diesen Purpur, den ich durch eine weise Regierung zu verdienen suchte, hat mir das Schicksal gelassen, jene als eine unnötige Last, diesen als eine unbedeutende Zierde. Krone, Zepter und Schwert sind hinweg, ich bin im übrigen so nackt und bedürftig, als jeder andere Erdensohn, denn so unselig wirken ihre schönen blauen Augen, daß sie allen lebendigen Wesen ihre Kraft nehmen, und daß diejenigen, die ihre berührende Hand nicht tötet, sich in den Zustand lebendig wandelnder Schatten versetzt fühlen.

So fuhr er fort zu klagen und befriedigte die Neugierde der Alten keineswegs, welche nicht sowohl von seinem innern als von seinem äußern Zustande unterrichtet sein wollte. Sie erfuhr weder den Namen seines Vaters noch seines Königreiches. Er streichelte den harten Mops, den die Sonnenstrahlen und der warme Busen des Jünglings, als wenn er lebte, erwärmt hatten. Er fragte viel nach dem Mann mit der Lampe, nach den Wirkungen des heiligen Lichts und schien sich davon für seinen traurigen Zustand künftig viel Gutes zu versprechen.

Unter diesen Gesprächen sahen sie von ferne den majestätischen Bogen der Brücke, der von einem Ufer zum anderen hinüber reichte, im Glanz der Sonne auf das wunderbarste schimmern. Beide erstaunten, denn sie hatte dieses Gebäude noch nie so herrlich gesehen. Wie! rief der Prinz; war sie nicht schön genug, als sie vor unseren Augen wie von Jaspis und Prasem gebaut dastand? Muß man nicht fürchten sie zu betreten, da sie aus Smaragd, Chrysopras und Chrysolith mit der anmutigsten Mannigfaltigkeit zusammengesetzt erscheint? Beide wußten nicht die Veränderung, die mit der Schlange vorgegangen war: denn die Schlange war es, die sich jeden Mittag über den Fluß hinüber bäumte und in Gestalt einer kühnen Brücke dastand. Die Wanderer betraten sie mit Ehrfurcht und gingen schweigend hinüber.

Sie waren kaum am jenseitigen Ufer, als die Brücke sich zu schwingen und zu bewegen anfing, in kurzem die Oberfläche des Wassers berührte und die grüne Schlange in ihrer eigentümlichen Gestalt den Wanderern auf dem Lande nachgleitete. Beide hatten kaum für die Erlaubnis auf ihrem Rücken über den Fluß zu setzen gedankt, als sie bemerkten, daß außer ihnen dreien noch mehrere Personen in der Gesellschaft sein müßten, die sie jedoch mit ihren Augen nicht erblicken konnten,. Sie hörten neben sich ein Gezisch, dem die Schlange gleichfalls mit einem Gezisch antwortete; sie horchten auf und konnten endlich folgendes vernehmen: Wir werden, sagten ein paar wechselnde Stimmen, uns erst inkognito in dem Park der schönen Lilie umsehen, und ersuchen Euch, uns mit Anbruch der Nacht, sobald wir nur irgend präsentabel sind, der vollkommenen Schönheit vorzustellen. An dem Rande des großen Seen werdet Ihr uns antreffen. Es bleibt dabei, antwortete die Schlange, und ein zischender Laut verlor sich in der Luft.

Unsere drei Wanderer beredeten sich nunmehr, in welcher Ordnung sie bei der Schönen vortreten wollten, denn so viele Personen auch um sie sein konnten, so durften sie doch nur einzeln kommen und gehen, wenn sie nicht empfindliche Schmerzen erdulden sollten.

Das Weib mit dem verwandelten Hunde im Korbe nahte sich zuerst dem Garten und suchte ihre Gönnerin auf, die leicht zu finden war, weil sie eben zur Harfe sang; die lieblichen Töne zeigten sich erst als Ringe auf der Oberfläche des stillen Sees, dann wie ein leichter Hauch setzten sie Gras und Büsche in Bewegung. Auf einem eingeschlossenen grünen Platze, in dem Schatten einer herrlichen Gruppe mannigfaltiger Bäume, saß sie und bezauberte beim ersten Anblick aufs neue die Augen, das Ohr und das Herz des Weibes, das sich ihr mit Entzücken näherte und bei sich selbst schwur, die Schöne sei während ihrer Abwesenheit nur immer schöner geworden. Schon von weitem rief die gute Frau dem liebenswürdigen Mädchen Gruß und Lob zu. Welch ein Glück Euch anzusehen, welch einen Himmel verbreitet Eure Gegenwart um Euch her! Wie die Harfe so reizend in Eurem Schoße lehnt, wie Eure Arme sie so sanft umgeben, wie sie sich nach Eurer Brust zu sehnen scheint und wie sie unter der Berührung Eurer schlanken Finger so zärtlich klingt! Dreifach glücklicher Jüngling, der du ihren Platz einnehmen konntest!

Unter diesen Worten war sie näher gekommen; die schöne Lilie schlug die Augen auf, ließ die Hände sinken und versetzte: Betrübe mich nicht durch ein unzeitiges Lob, ich empfinde nur desto stärker mein Unglück. Sieh, hier zu meinen Füßen liegt der arme Kanarienvogel tot, der sonst meine Lieder auf das angenehmste begleitete; er war gewöhnt auf meiner Harfe zu sitzen, und sorgfältig abgerichtet mich nicht zu berühren; heute, indem ich vom Schlaf erquickt, ein ruhiges Morgenlied anstimme, und mein kleiner Sänger munterer als jemals seine harmonischen Töne hören läßt, schießt ein Habicht über meinem Haupte hin; das arme kleine Tier, erschrocken, flüchtet in meinen Busen und in dem Augenblick fühl' ich die letzten Zuckungen seines scheidenden Lebens. Zwar von meinem Blicke getroffen schleicht der Räuber dort ohnmächtig am Wasser hin, aber was kann mir seine Strafe helfen, mein Liebling ist tot, und sein Grab wird nur das traurige Gebüsch meines Gartens vermehren.

Ermannt Euch, schöne Lilie! rief die Frau, indem sie selbst eine Träne abtrocknete, welche ihr die Erzählung des unglücklichen Mädchens aus den Augen gelockt hatte, nehmt Euch zusammen, mein Alter läßt Euch sagen, Ihr sollt Eure Träne mäßigen, das größte Unglück als Vorbote des größten Glücks ansehen; denn es sei an der zeit; und wahrhaftig, fuhr die Alte fort, es geht bunt in der Welt zu. Seht nur meine Hand wie sie schwarz geworden ist! Wahrhaftig sie ist schon um vieles kleiner, ich muß eilen, eh' sie gar verschwindet! Warum mußt' ich den Irrlichtern eine Gefälligkeit erzeigen, warum mußt' ich dem Riesen begegnen und warum meine Hand in den Fluß tauchen? Könnt Ihr mir nicht ein Kohlhaupt, eine Artischocke und eine Zwiebel geben? so bring ich sie dem Flusse und meine Hand ist weiß wie vorher, so daß ich sie fast neben die Eurige halten könnte.

Kohlhäupter und Zwiebeln könntest du allenfalls noch finden: aber Artischocken suchest du vergebens. Alle Pflanzen in meinem großen Garten tragen weder Blüten noch Früchte; aber jedes Reis, das ich breche und auf das Grab eines Lieblings pflanze, grünt sogleich und schießt hoch auf. Alle diese Gruppen, diese Büsche, diese Haine habe ich leider wachsen sehen. Die Schirme dieser Pinien, die Obelisken dieser Zypressen, die Kolosse von Eichen und Buchen, alles waren kleine Reiser, als ein trauriges Denkmal von meiner Hand in einen sonst unfruchtbaren Boden gepflanzt.

Die Alte hatte auf diese Rede wenig acht gegeben und nur ihre Hand betrachtet, die in der Gegenwart der schönen Lilie immer schwärzer und von Minute zu Minute kleiner zu werden schien. Sie wollte ihren Korb nehmen und eben forteilen, als sie fühlte, daß sie das Beste vergessen hatte. Sie hub sogleich den verwandelten Hund heraus und setzte ihn nicht weit von der Schönen ins Gras. Mein Mann, sagte sie, schickt Euch dieses Andenken, Ihr wißt, daß Ihr diesen Edelstein durch Eure Berührung beleben könnt. Das artige treue Tier wird Euch gewiß viel Freude machen, und die Betrübnis, daß ich ihn verliere, kann nur durch den Gedanken aufgeheitert werden, daß Ihr ihn besitzt.

Die schöne Lilie sah das artige Tier mit Vergnügen und, wie es schien, mit Verwunderung an. Es kommen viele Zeichen zusammen, sagte sie, die mir einige Hoffnung einflößen; aber ach! ist es nicht bloß ein Wahn unserer Natur, daß wir dann, wenn vieles Unglück zusammentrifft, uns vorbilden das Beste sei nah.

Was helfen mir die vielen guten Zeichen?
Des Vogels Tod, der Freundin schwarze Hand?
Der Mops von Edelstein, hat er wohl seinesgleichen?
Und hat ihn nicht die Lampe mir gesandt?

Entfernt vom süßen menschlichen Genusse,
Bin ich doch mit dem Jammer nur vertraut.
Ach! warum steht der Tempel nicht am Flusse!
Ach! warum ist die Brücke nicht gebaut!

Ungeduldig hatte die gute Frau diesem Gesange zugehört, den die schöne Lilie mit den angenehmen Tönen ihrer Harfe begleitete und er jeden anderen entzückt hätte. Eben wollte sie sich beurlauben, als sie durch die Ankunft der grünen Schlange abermals abgehalten wurde. Diese hatte die letzten Zeilen des Liedes gehört und sprach deshalb der schönen Lilie sogleich zuversichtlich Mut ein.

Die Weissagung von der Brücke ist erfüllt! rief sie aus; fragt nur diese gute Frau wie herrlich der Bogen gegenwärtig erscheint. Was sonst undurchsichtiger Japsis, was nur eine Prasem war, durch den das Licht höchstens auf den Kanten durchschimmerte, ist nun durchsichtiger Edelstein geworden. Kein Breyll ist so klar und kein Smaragd so schönfarbig.

Ich wünsche Euch Glück dazu, sagte die Lilie, allein verzeihet mir, wenn ich die Weissagung noch nicht erfüllt glaube. Über den hohen Bogen Eurer Brücke können nur Fußgänger hinüber schreiten und es ist uns versprochen, daß Pferde und Wagen und Reisende aller Art zu gleicher Zeit über die Brücke herüber und hinüber wandern sollen. Ist nicht von den großen Pfeilern geweissagt, die aus dem Flusse selbst heraussteigen werden?

Die Alte hatte ihre Augen immer auf die Hand geheftet, unterbrach hier das Gespräch und empfahl sich. Verweilt noch einen Augenblick, sagte die schöne Lilie, und nehmt meinen armen Kanarienvogel mit. Bittet die Lampe, daß sie ihn in einen schönen Topas verwandle, ich will ihn durch meine Berührung beleben und er, mit Eurem guten Mops, soll mein bester Zeitvertreib sein; aber eilt was ihr könnt, denn mit Sonnenuntergang ergreift unleidliche Fäulnis das arme Tier und zerreißt den schönen Zusammenhang seiner Gestalt auf ewig.

Die Alte legte den kleinen Leichnam zwischen zarte Blätter in den Korb und eilte davon.

Wie dem auch sei, sagte die Schlange, indem sie das abgesprochene Gespräch fortsetzte, der Tempel ist erbauet.

Er steht aber noch im Flusse, versetzte die Schöne.

Noch ruht er in den Tiefen der Erde, sagte die Schlange; ich habe die Könige gesehen und gesprochen.

Aber wann werden sie aufstehn? fragte Lilie.

Die Schlange versetzte: Ich hörte die großen Worte im Tempel ertönen: es ist an der Zeit.

Eine angenehme Heiterkeit verbreitete sich über das Angesicht der Schönen. Höre doch, sagte sie, die glücklichen Worte schon heute zum zweitenmal; wann wird der Tag kommen, an dem ich sie dreimal höre?

Sie stand auf und sogleich trat ein reizendes Mädchen aus dem Gebüsch, das ihr die Harfe abnahm. Dieser folgte eine andre, die den elfenbeinernen geschnitzten Feldstuhl, worauf die Schöne gesessen hatte, zusammenschlug und das silberne Kissen unter den Arm nahm. Eine dritte, die einen großen, mit Perlen gestickten Sonnenschirm trug, zeigte sich darauf, erwartend, ob Lilie auf einem Spaziergange etwa ihrer bedürfe. Über allen Ausdruck schön und reizend waren diese drei Mädchen, und doch erhöhten sie nur die Schönheit der Lilie, indem sich jeder gestehen mußte, daß sie mit ihr gar nicht verglichen werden konnten.

Mit Gefälligkeit hatte indes die schöne Lilie den wunderbaren Mops betrachtet. Sie beugte sich, berührte ihn und in dem Augenblick sprang er auf. Munter sah er sich um, lief hin und wider und eilte zuletzt seine Wohltäterin auf das freundlichste zu begrüßen. Sie nahm ihn auf die Arme und drückte ihn an sich. So kalt du bist, rief sie aus, und obgleich nur ein halbes Leben in dir wirkt, bist du mir doch willkommen; zärtlich will ich dich lieben, artig mit dir scherzen, freundlich dich streicheln, und fest dich an mein Herz drücken. Sie ließ ihn darauf los, jagte ihn von sich, rief ihn wieder, scherzte so artig mit ihm und trieb sich so munter und unschuldig mit ihm in dem Grase herum, daß man mit neuem Entzücken ihre Freude betrachten und teil daran nehmen mußte, so wie kurz vorher ihre Trauerndes Herz zum Mitleid gestimmt hatte.

Diese Heiterkeit, diese anmutigen Scherze wurden durch die Ankunft des traurigen Jünglings unterbrochen. Er trat herein, wie wir ihn schon kennen, nur schien die Hitze des Tages ihn noch mehr abgemartert zu haben, und in der Gegenwart der Geliebten ward er mit jedem Augenblicke blässer. Er trug den Habicht auf seiner Hand, der wie eine Taube ruhig saß und die Flügel hängen ließ.

Es ist nicht freundlich, rief Lilie ihm entgegen, daß du mir das verhaßte Tier vor die Augen bringst, das Ungeheurer, das meinen kleinen Sänger heute getötet hat.

Schilt den unglücklichen Vogel nicht! versetzte darauf der Jüngling; klage vielmehr dich an und das Schicksal, und vergönne mir, daß ich mit dem Gefährten meines Elends Geschäfte mache.

Indessen hörte der Mops nicht auf, die Schöne zu necken, und sie antwortete dem durchsichtigen Liebling mit dem freundlichen Betragen. Sie klatschte mit den Händen, um ihn zu verscheuchen; dann lief sie, um ihn wieder nach sich zu ziehen. Sie suchte ihn zu haschen, wenn er floh, und jagte ihn von sich weg, wenn er sich an sie zu drängen versuchte. Der Jüngling sah stillschweigend und mit wachsendem Verdrusse zu; aber endlich, da sie häßliche Tier, das ihm ganz abscheulich vorkam, auf den Arm nahm, an ihren weißen Busen drückte und die schwarze Schnauze mit ihren himmlischen Lippen küßte, verging ihm alle Geduld und er rief voller Verzweiflung aus: Mußte ich, der durch ein trauriges Geschick vor dir, vielleicht auf immer, in einer getrennten Gegenwart lebe, der ich durch dich alles, auch mich selbst, verloren habe, muß ich vor deinen Augen sehen, daß eine so widernatürliche Mißgeburt dich zur Freude reizen, deine Neigung fesseln und deine Umarmung genießen kann! Soll ich noch länger nur so hin- und wiedergeben und den traurigen Kreis den Fluß herüber und hinüber abmessen? Nein, es ruht noch ein Funke des alten Heldenmutes in meinem Busen; er schlage in diesem Augenblick zur letzten Flamme auf! Wenn Steine an deinem Busen ruhen können, so möge ich zu Stein werden; wenn deine Berührung tötet, so will ich in deinen Händen sterben.

Mit diesen Worten machte er eine heftige Bewegung; der Habicht flog von seiner Hand, er aber stürzte auf die Schöne los, sie streckte die Hände aus, ihn abzuhalten und berührte ihn nur desto früher. Das Bewußtsein verließ ihn, und mit Entsetzen fühlte sie die schöne Last an ihrem Busen. Mit einem Schrei trat sie zurück, und der holde Jüngling sank entseelt aus ihren Armen zur Erde.

Das Unglück war geschehen! Die süße Lilie stand unbeweglich und blickte starr nach dem entseelten Leichnam. Das Herz schien ihr im Busen zu stocken und ihre Augen waren ohne Tränen. Vergebens suchte der Mops ihr eine freundliche Bewegung abzugewinnen; die ganze Welt war mit ihrem Freunde ausgestorben. Ihre stumme Verzweiflung sah sich nach Hülfe nicht um, denn sie kannte keine Hülfe.

Dagegen regte die Schlange desto emsiger; sie schien auf Rettung zu sinnen, und wirklich dienten ihre sonderbaren Bewegungen wenigstens die nächsten schrecklichen Folgen des Unglücks auf eine Zeit zu hindern. Sie zog mit ihrem geschmeidigen Körper einen weiten Kreis um den Leichnam, faßte das Ende ihres Schwanzes mit den Zähnen und blieb ruhig liegen.

Nicht lange, so trat eine der schönen Dienerinnen Liliens hervor, brachte den elfenbeinernen Feldstuhl, und nötigte, mit freundlichen Gebärden, die Schöne sich zu setzen; bald darauf kam die zweite, die einen feuerfarbigen Schleier trug und das Haupt ihrer Gebieterin damit mehr zierte als bedeckte; die dritte übergab ihr die Harfe, und kaum hatte sie das prächtige Instrument an sich gedrückt, und einige Töne aus den Saiten hervorgelockt, als die erste mit einem hellen runden Spiegel zurückkam, sich der Schönen gegenüber stellte, ihre Blicke auffing und ihr das angenehmste Bild, das in der Natur zu finden war, darstellte. Der Schmerz erhöhte ihre Schönheit, der Schleier ihre Reize, die Harfe ihre Anmut, und so sehr man hoffte ihre traurige Lage verändert zu sehen, so sehr wünschte man ihr Bild ewig, wie es gegenwärtig erschien, festzuhalten.

Mit einem stillen Blick nach dem Spiegel lockte die bald schmelzende Töne aus den Saiten, bald schien ihr Schmerz zu steigen, und die Saiten antworteten gewaltsam mit ihrem Jammer; einigemal eröffnete sie den Mund zu singen, aber die Stimme versagte ihr, doch bald löste sich ihr Schmerz in Tränen auf, zwei Mädchen, faßten sie hülfreich in die Arme, die Harfe sank aus ihrem Schoße, kaum ergriff noch die schnelle Dienerin das Instrument und trug es beiseite.

Wer schafft uns den Mann mit der Lampe, ehe die Sonne untergeht? zischte die Schlange leise, aber vernehmlich; die Mädchen sahen einander an, und Liliens Tränen vermehrten sich. In diesem Augenblicke kam atemlos die Frau mit dem Korbe zurück. Ich bin verloren und verstümmelt, rief sie aus! seht wie meine Hand beinahe ganz weggeschwunden ist; weder der Fährmann noch der Riese wollten mich übersetzen, weil ich noch eine Schuldnerin des Wassers bin; vergebens habe ich hundert Kohlhäupter und hundert Zwiebeln angeboten, man will nicht mehr als die drei Stücke, und keine Artischocke ist nun einmal in diesen Gegenden zu finden.

Vergeßt Eure Not, sagte die Schlange, und sucht hier zu helfen; vielleicht kann Euch zugleich mitgeholfen werden. Eilt was ihr könnt die Irrlichter aufzusuchen, es ist noch zu hell sie zu sehen, aber vielleicht hört ihr sie lachen und flattern. Wenn sie eilen, so setzt sie der Riese noch über den Fluß, und sie können den Mann mit der Lampe finden und schicken.

Das Weib eilte so viel sie konnte, und die Schlange schien ebenso ungeduldig als Lilie die Rückkunft der beiden zu erwarten. Leider vergoldete schon der Strahl der sinkenden Sonne nur den höchsten Gipfel der Bäume des Dickichts, und lange Schatten zogen sich über See und Wiese; die Schlange bewegte sich ungeduldig und Lilie zerfloß in Tränen.

In dieser Not sah die Schlange sich überall um, denn sie fürchtete jeden Augenblick, die Sonne werde untergehen, die Fäulnis den magischen Kreis durchdringen und den schönen Jüngling unaufhaltsam anfallen. Endlich erblickte sie hoch in den Lüften, mit purpurroten Federn den Habicht, dessen Brust die letzten Strahlen der Sonne auffing. Sie schüttelte sich vor Freuden über das gute Zeichen, und sie betrog sich nicht; denn kurz darauf sah man den Mann mit der Lampe über den See hergleiten, gleich als wenn er auf Schlittschuhen ginge.

Die Schlange veränderte nicht ihre Stelle, aber die Lilie stand auf und rief ihm zu: Welcher gute Geist sendet dich in dem Augenblick, da wir so sehr nach dir verlangen und deiner so sehr bedürfen?

Der Geist meiner Lampe, versetzte der Alte, treibt mich und der Habicht führt mich hierher. Sie spratzelt, wenn man meiner bedarf, und ich sehe mich nur in den Lüften nach einem Zeichen um; irgendein Vogel oder Meteor zeigt mir die Himmelsgegend an, wohin ich mich wenden soll. Sei ruhig, schönstes Mädchen! Ob ich helfen kann weiß ich nicht, ein einzelner hilft nicht, sondern wer sich mit vielen zur rechten Stunde vereinigt. Aufschieben wollen wir und hoffen. Halte deinen Kreis geschlossen, fuhr er fort, indem er sich an die Schlange wendete, sich auf einen Erdhügel neben sie hinsetzte und den toten Körper beleuchtete. Bringt den artigen Kanarienvogel auch her und leget ihn in den Kreis! Die Mädchen nahmen den kleinen Leichnam aus dem Korbe, den die Alte stehen ließ, und gehorchtem dem Manne.

Die Sonne war indessen untergegangen, und wie die Finsternis zunahm, fing nicht allein die Schlange und die Lampe des Mannes nach ihrer Weise zu leuchten an, sondern der Schleier Liliens gab auch ein sanftes Licht von sich, das wie eine zarte Morgenröte ihre blassen Wangen und ihr weißes Gewand mit einer unendlichen Anmut färbte. Man sah sich wechselweise mit stiller Betrachtung an, Sorge und Trauer waren durch eine sichere Hoffnung gemildert.

Nicht unangenehm erschien daher das alte Weib in Gesellschaft der beiden munteren Flammen, die zwar zeither sehr verschwendet haben mußten, denn sie waren weder äußerst mager geworden, aber sich nur desto artiger gegen die Prinzessin und die übrigen Frauenzimmer betrugen. Mit der größten Sicherheit und mit vielem Ausdruck sagten sie ziemlich gewöhnliche Sachen, besonders zeigten sie sich sehr empfänglich für den Reiz, den der leuchtende Schleier über Lilien und ihre Begleiterinnen verbreitete. Bescheiden schlugen die Frauenzimmer ihre Augen nieder und das Lob ihrer Schönheit verschönerte sie wirklich. Jedermann war zufrieden und ruhig bis auf die Alte. Ungeachtet der Versicherung ihres Mannes, daß ihre Hand nicht weiter abnehmen könne solange sie von seiner Lampe beschienen sei, behauptete sie mehr als einmal, daß, wenn es so fortgehe, noch vor Mitternacht dieses edle Glied völlig verschwinden werde.

Der Alte mit der Lampe hatte dem Gespräch der Irrlichter aufmerksam zugehört und war vergnügt, daß Lilie durch diese Unterhaltung zerstreut und aufgeheitert worden. Und wirklich war Mitternacht herbeigekommen man wußte nicht wie. Der Alte sah nach den Sternen und fing darauf zu reden an: Wir sind zur glücklichen Stunde beisammen, jeder verrichte sein Amt, jeder tue seine Pflicht und ein allgemeines Glück wird die einzelnen Schmerzen in sich auflösen, wie ein allgemeines Unglück einzelne Freuden verzehrt.

Nach diesen Worten entstand ein wunderbares Geräusch, denn alle gegenwärtigen Personen sprachen für sich und drückten laut aus was sie zu tun hätten, nur die drei Mädchen waren stille; eingeschlafen war die eine neben der Harfe, die andere neben dem Sonnenschirm, die dritte neben dem Sessel, und man konnte es ihnen nicht verdenken, denn es war spät. Die flammenden Jünglinge hatten nach einigen vorübergehenden Höflichkeiten, die sie auch den Dienerinnen gewidmet, sich doch zuletzt nur an Lilien, als die Allerschönste, gehalten.

Fasse, sagte der Alte zum Habicht, den Spiegel, und mit dem ersten Sonnenstrahl beleuchtete die Schläferinnen und weckte sie mit zurückgeworfenem Lichte aus der Höhe.

Die Schlange fing nunmehr an sich zu bewegen, löste den Kreis auf und zog langsam in großen Ringen nach dem Flusse. Feierlich folgten ihr die beiden Irrlichter, und man hätte sie für die ernsthaftesten Flammen halten sollen. Die Alte und der Mann ergriffen den Korb, dessen sanftes Licht man bisher kaum bemerkt hatte, sie zogen von beiden Seiten daran, und er ward immer größer und leuchtender, sie hoben darauf den Leichnam des Jünglings hinein und legten ihm den Kanarienvogel auf die Brust, der Korb hob sich in die Höhe und schwebte über dem Haupte der Alten und sie folgte den Irrlichtern auf dem Fuße. Die schöne Lilie nahm den Mops auf ihren Arm und folgte der Alten, der Mann mit der Lampe beschloss den Zug, und die Gegend war von diesen vielerlei Lichtern auf das sonderbarste erhellt.

Aber mit nicht geringer Bewunderung sah die Gesellschaft, als sie zu dem Flusse gelangte, einen herrlichen Bogen über denselben hinübersteigen, wodurch die wohltätige Schlange ihnen einen glänzenden Weg bereitete. Hatte man bei Tage die durchsichtigen Edelsteine bewundert, woraus die Brücke zusammengesetzt schien, so erstaunte man bei Nacht über ihre leuchtende Herrlichkeit. Oberwärts schnitt sich der helle Kreis scharf an dem dunklen Himmel ab, aber unterwärts zuckten lebhafte Strahlen nach dem Mittelpunkte zu und zeigten die bewegliche Festigkeit des Gebäudes. Der Zug ging langsam hinüber, und der Fährmann, der von ferne aus seiner Hütte hervorsah, betrachtete mit Staunen den leuchtenden Kreis und die sonderbaren Lichter, die darüber zogen.

Kaum waren sie dem anderen Ufer angelangt, als der Bogen nach seiner Weise zu schwanken und sich wellenartig dem Wasser zu nähern anfing. Die Schlange bewegte sich bald darauf ans Land, der Korb setzte sich zur Erde nieder, und die Schlange zog aufs neue ihren Kreis umher, der Alte neigte sich vor ihr und sprach: Was hast du beschlossen?

Mich aufzuopfern, ehe ich aufgeopfert werde, versetzte die Schlange; versprich mir, daß du keinen Stein am Lande lassen willst.

Der Alte versprach's und sagte darauf zur schönen Lilie: Rühre die Schlange mit der linken Hand an und deinen Geliebten mit der rechten. Lilie kniete nieder und berührte die Schlange und den Leichnam. Im Augenblicke schien dieser in das Leben überzugehen, er bewegte sich im Korbe, ja er richtete sich in die Höhe und saß; Lilie wollte ihn umarmen, allein der Alte hielt sie zurück, er half dagegen dem Jüngling aufstehn und leitete ihn, indem er aus dem Korbe und dem Kreise trat.

Der Jüngling stand, der Kanarienvogel flatterte auf seiner Schulter, es war wieder Leben in beiden, aber der Geist war noch nicht zurückgekehrt; der schöne Freund hatte die Augen offen und sah nicht, wenigstens schien er alles ohne Teilnehmung anzusehn, und kaum hatte sich die Verwunderung über diese Begebenheit in etwas gemäßigt, als man erst bemerkte, wie sonderbar die Schlange sich verändert hatte. Ihr schöner schlanker Körper war in tausend und tausend leuchtende Edelsteine zerfallen; unvorsichtig hatte die Alte, die nach ihrem Korbe greifen wollte, an sie gestoßen, und man sah nichts mehr von der Bildung der Schlange, nur ein schöner Kreis leuchtender Edelsteine lag im Grase.

Der Alte machte sogleich Anstalt, die Steine in den Korb zu fassen, wozu ihm seine Frau behülflich sein mußte. Beide trugen darauf den Korb gegen das Ufer an einen erhabenen Ort, und er schüttete die ganze Ladung, nicht ohne Widerwillen der Schönen und seines Weibes, der gerne davon sich etwas ausgesucht hätten, in den Fluß. Wie leuchtende und blinkende

Sterne schwammen die Steine mit den Wellen hin, und man konnte nicht unterscheiden, ob sie sich in der Ferne verloren oder untersanken.

Meine Herren, sagte darauf der Alte ehrerbietig zu den Irrlichtern, nunmehr zeige ich Ihnen den Weg und eröffne den Gang, aber Sie leisten uns den größten Dienst, wenn Sie uns die Pforte des Heiligtums öffnen, durch die wir einmal eingehen müssen und die außer Ihnen niemand aufschließen kann.

Die Irrlichter neigten sich anständig und blieben zurück. Der Alte mit der Lampe ging voraus in den Felsen, der sich vor ihm auftat; der Jüngling folgte ihm, gleichsam mechanisch; still und ungewiß hielt sich Lilie in einiger Entfernung hinter ihm; die Alte wollte nicht gerne zurückbleiben und streckte ihre Hand aus, damit ja das Licht von ihres Mannes Lampe sie erleuchten könne. nun schlossen die Irrlichter den Zug, indem sie die Spitzen ihrer Flammen zusammenneigten und miteinander zu sprechen schienen.

Sie waren nicht lange gegangen, als der Zug sich vor einem großen ehernen Tore befand, dessen Flügel mit einem goldenen Schloß verschlossen waren. Der Alte rief sogleich die Irrlichter herbei, die sich nicht lange aufmuntern ließen, sondern geschäftig mit ihren spitzesten Flammen Schloß und Riegel aufzehrten.

Laut tönte das Erz, als die Pforten schnell aufsprangen und im Heiligtum die würdigen Bilder der Könige, durch die hereintretenden Lichter beleuchtet, erschienen. Jeder neigte sich vor den ehrwürdigen Herrschern, besonders ließen es die Irrlichter an krausen Verbeugungen nicht fehlen.

Nach einiger Pause fragte der goldene König: Woher kommt ihr? – Aus der Welt, antwortete der Alte. Wohin geht ihr? fragte der silberne König. – In die Welt, sagte die Alte. – Was wollt ihr bei uns? fragte der eherne König. – Euch begleiten, sagte der Alte.

Der gemischte König wollte eben zu reden anfangen, als der goldne zu den Irrlichtern, die ihm zu nahe gekommen waren, sprach: Hebet euch weg von mir, mein Gold ist nicht für euren Gaum. Sie wandten sich darauf zum silbernen und schmiegten sich an ihn, sein Gewand glänzte schön von ihrem gelblichen Widerschein. Ihr seid mir willkommen, sagte er, aber ich kann euch nicht ernähren; sättigt euch auswärts und bringt mir euer Licht. Sie entfernten sich und schlichen, bei dem ehernen vorbei, der sie nicht zu bemerken schien, auf den zusammengesetzten los. Wer wird die Welt beherrschen? rief dieser mit stotternder Stimme. – Wer auf seinen Füßen steht, antwortete der Alte. – Das bin ich! sagte der gemischte König. – Es wird sich offenbaren, sagte der Alte, denn es ist an der Zeit.

Die schöne Lilie fiel dem Alten um den Hals und küßte ihn aufs herzlichste. Heiliger Vater, sagte sie, tausendmal dank' ich dir, denn ich höre das ahnungsvollste Wort zum drittenmal. Sie hatte kaum ausgeredet, als sie sich noch fester an den Alten anhielt, denn der Boden fing unter ihnen an zu schwanken, die Alte und der Jüngling hielten sich auch aneinander, nur die beweglichen Irrlichter merkten nichts.

Man konnte deutlich fühlen, daß der ganze Tempel sich bewegte, wie ein Schiff das sich sanft aus dem Hafen entfernt, wenn die Anker gelichtet sind; die Tiefen der Erde schienen sich vor ihm aufzutun als er hindurch zog. Er stieß nirgends an, kein Felsen stand ihm in dem Weg.

Wenige Augenblicke schien ein feiner Regen durch die Öffnung der Kuppel hereinzurieseln; der Alte hielt die schöne Lilie fester und sagte zu ihr: Wir sind unter dem Flusse und bald am Ziel. Nicht lange darauf glaubten sie stillzustehn, doch sie betrogen sich; der Tempel stieg aufwärts.

Nun entstand ein seltsames Getöse über ihrem Haupte. Bretter und Balken, in ungestalter Verbindung, begannen sich zu der Öffnung der Kuppel krachend hereinzudrängen. Lilie und der Alte sprangen zur Seite, der Mann mit der Lampe faßte den Jüngling und blieb stehen. Die kleine Hütte des Fährmanns, denn sie war es, die der Tempel, im Aufsteigen, vom Boden abgesondert und in sich aufgenommen hatte, sank allmählich herunter und bedeckte den Jüngling und den Alten.

Die Weiber schrien laut, und der Tempel schütterte wie ein Schiff, das unvermutet ans Land stößt. Ängstlich irrten die Frauen in der Dämmerung um die Hütte, die Türe war verschlossen und auf ihr Pochen hörte niemand. Sie pochten heftiger und wunderten sich nicht wenig, als zuletzt das Holt zu klingen anfing. Durch die Kraft der verschlossenen Lampe war die Hütte von innen heraus zu Silber geworden. Nicht lange, so veränderte sie sogar ihre Gestalt; denn das edle Metall verließ die zufälligen Formen der Bretter, Pfosten und Balken, und dehnte sich zu einem herrlichen Gehäuse von getriebener Arbeit aus. Nun stand ein herrlicher kleiner Tempel in der Mitte des großen, oder wenn man will, ein Altar des Tempels würdig.

Durch eine Treppe, die von innen heraufging, trat nunmehr der edle Jüngling in die Höhe, der Mann mit der Lampe leuchtete ihm, und ein anderer schien ihn zu unterstützen, der in einem weißen kurzen Gewand hervorkam und ein silbernes Ruder in der Hand hielt; man erkannte in ihm sogleich den Fährmann, den ehemaligen Bewohner der verwandelten Hütte.

Die schöne Lilie stieg die äußern Stufen hinauf, die von dem Tempel auf den Altar führten, aber noch immer mußte sie sich von ihrem Geliebten entfernt halten. Die alte, deren Hand, solange die Lampe verborgen gewesen, immer kleiner geworden war, rief: Soll ich doch noch unglücklich werden? Ihr Mann deutete nach der offenen Pforte und sagte: Siehe, der Tag bricht an, eile und bade dich im Flusse. – Welch ein Rat! rief sie, ich soll wohl ganz schwarz werden und ganz verschwinden, habe ich doch meine Schuld noch nicht bezahlt. – Gehe, sagte der Alte, und folge mir! Alle Schulden sind abgetragen.

Die Alte eilte weg, und in dem Augenblick erschien das Licht der aufgehenden Sonne an dem Kranze der Kuppel, der Alte trat zwischen den Jüngling und die Jungfrau und rief mit lauter Stimme: Drei sind die da herrschen auf Erden: die Weisheit, der Schein und die Gewalt. Bei dem ersten Worte stand der goldne König auf, bei dem zweiten der silberne und bei dem dritten hatte sich der eherne langsam emporgehoben, als der zusammengesetzte König sich plötzlich ungeschickt niedersetzte.

Wer ihn sah, konnte sich, ungeachtet des feierlichen Augenblicks, kaum des Lachens enthalten, denn er saß nicht, er lag nicht, er lehnte sich nicht an, sondern er war förmlich zusammengesunken.

Die Irrlichter, die sich bisher um ihn beschäftigt hatten, traten zur Seite; sie schienen, obgleich blaß beim Morgenlichte, doch wieder gut genährt und wohl bei Flammen; sie hatten auf eine geschickte Weise die goldenen Adern des kolossalen Bildes mit ihren spitzen Zungen bis aufs innerste herausgeleckt. Die unregelmäßigen leeren Räume, die dadurch entstanden waren, erhielten sich eine Zeitlang offen und die Figur blieb in ihrer vorigen Gestalt. Als aber auch zuletzt die zartesten Äderchen aufgezehrt waren, brach auf einmal das Bild zusammen und leider gerade an den Stellen, die ganz bleiben, wenn der Mensch sich setzt; dagegen blieben die Gelenke, die sich hätten biegen sollen, steif. Wer nicht lachen konnte, mußte seine Augen wegwenden; das Mittelding zwischen Form und Klumpen war widerwärtig anzusehn.

Der Mann mit der Lampe führte nunmehr den schönen, aber immer noch starr vor sich hinblickenden Jüngling vom Altare herab und gerade auf den ehernen König los. Zu den Füßen des mächtigen Fürsten lag ein Schwert, in eherner Scheide. Der Jüngling gürtete sich. – Das Schwert an der Linken, die Rechte frei! rief der gewaltige König. Sie gingen darauf zum silbernen, der sein Zepter gegen den Jüngling neigte. Dieser ergriff es mit der linken Hand, und der König sagte mit gefälliger Stimme: Weide die Schafe! Als sie zum goldenen König kamen, drückte er mit väterlich segnender Gebärde den Jüngling den Eichenkranz aufs Haupt und sprach: Erkenne das Höchste!

Der Alte hatte während dieses Umgangs den Jüngling genau bemerkt. Nach umgürteten Schwert hob sich seine Brust, seine Arme regten sich und seine Füße traten fester auf; indem er den Zepter in die Hand nahm, schien sich die Kraft zu mildern und durch einen unaussprechlichen Reiz noch mächtiger zu werden; als aber der Eichenkranz seine Locken zierte, belebten sich seine Gesichtszüge, sein Auge glänzte von unaussprechlichem Geist, und das erste Wort seines Mundes war Lilie.

Liebe Lilie! rief er, als ihr die silbernen Treppen hinauf entgegeneilte; denn sie hatte von der Zinne des Altars seiner Reise zugesehn: liebe Lilie! was kann der Mann, ausgestattet mit allem, sich Köstlichers wünschen als die Unschuld und die stille Neigung, die mir dein Busen entgegenbringt? O! mein Freund, fuhr er fort, indem er sich zu der Alten wendete und die drei heiligen Bildsäulen ansah, herrlich und sicher ist das reich unserer Väter, aber du hast die vierte Kraft vergessen, die noch früher, allgemeiner, gewisser die Welt beherrscht, die Kraft der Liebe. Mit diesen Worten fiel er dem schönen Mädchen um den Hals; sie hatte den Schleier weggeworfen und ihre Wangen färbten sich mit der schönsten unvergänglichen Röte.

Hierauf sagte der Alte lächelnd: Die Liebe herrscht nicht, aber sie bildet, und das ist mehr.

Über dieser Feierlichkeit, dem Glück, dem Entzücken hatte man nicht bemerkt, daß der Tag völlig angebrochen war, und nun fielen auf einmal durch die offene Pforte ganz unerwartete Gegenstände der Gesellschaft in die Augen. Ein großer mit Säulen umgebender Platz machte den Vorhof, an dessen Ende man eine lange und prächtige Brücke sah, die mit vielen Bogen über den Fluß hinüber reichte; sie war an beiden Seiten mit Säulengängen für die Wanderer bequem und prächtig eingerichtet, deren sich schon viele Tausende eingefunden hatten, und emsig hin- und widergingen. Der große weg in der Mitte war von Herden und Maultieren, Reitern und Wagen belebt, die an beiden Seiten, ohne sich zu hindern, stromweise hin- und herflossen. Sie schienen sich alle über die Bequemlichkeit und Pacht zu verwundern, und der neue König mit seiner Gemahlin war über die Bewegung und das Leben dieses großen Volkes so entzückt, als ihre wechselseitige Liebe sie glücklich machte.

Gedenke der Schlange in Ehren, sagte der Mann mit der Lampe, du bist ihr das Leben, deine Völker sind ihr die Brücke schuldig, wodurch diese nachbarlichen Ufer erst zu Ländern belebt und verbunden werden. jene schwimmenden und leuchtenden Edelsteine, die Reste ihrer aufgeopferten Körpers, sind die Grundpfeiler dieser herrlichen Brücke, auf ihnen hat sie sich selbst erbaut und wird sich selbst erhalten.

Man wollte eben die Aufklärung dieses wunderbaren Geheimnisses von ihm verlangen, als vier schöne Mädchen zu der Pforte des Tempels hereintraten. An der Harfe, dem Sonnenschirm und dem Felsstuhl erkannte man sogleich die Begleiterinnen Liliens, aber die vierte, schöner als die drei, war eine Unbekannte, die scherzend schwesterlich mit ihnen durch den Tempel eilte und die silbernen Stufen hinanstieg.

Wirst du mir künftig mehr glauben, liebes Weib? sagte der Mann mit der Lampe zu der Schönen; wohl dir und jedem Geschöpfe, das sich diesen Morgen im Flusse badet!

Die verjüngte und verschönerte Alte, von deren Bildung keine Spur mehr übrig war, umfaßte mit belebten jugendlichen Armen den Mann mit der Lampe, der ihre Liebkosungen mit Freundlichkeit aufnahm. Wenn ich dir zu alt bin, sagte er lächelnd, so darfst du heute einen anderen Gatten wählen; von heute an ist keine Ehe gültig, die nicht aufs neue geschlossen wird.

Weißt du denn nicht, versetzte sie, daß du auch jünger geworden bist? – Es freut mich, wenn ich in deinen jungen Augen als ein wackrer Jüngling erscheine; ich nehme deine Hand von neuem an, und mag gern mit dir in das folgende Jahrtausend hinüberleben.

Die Königin bewillkommte ihre neue Freundin und stieg mit ihren und den übrigen Gespielinnen in den Altar hinab, indes der König in der Mitte der beiden Männer nach der Brücke hinsah und aufmerksam das Gewimmel des Volks betrachtete.

Aber nicht lange dauerte seine Zufriedenheit, denn er sah einen Gegenstand, der ihm einen Augenblick Verdruß erregte. Der große Riese, der sich von seinem Morgenschlaf noch nicht erholt zu haben schien, taumelte über die Brücke her und verursachte daselbst große Unordnung. Er war, wie gewöhnlich schlaftrunken aufgestanden und gedachte sich in der bekannten Bucht des Flusses zu baden; anstatt derselben fand er festes Land und tappte auf dem breiten Pflaster der Brücke hin. Ob er nun gleich zwischen Menschen und Vieh auf das ungeschickteste hineintrat, so ward doch seine Gegenwart zwar von allen angestaunt, doch von niemand gefühlt; als ihm aber die Sonne in die Augen schien, und er die Hände aufhub sie auszuwischen, fuhr der Schatten seiner ungeheuren Fäuste hinter ihm so kräftig und ungeschickt unter der Menge hin und wider, daß Menschen und Tiere in großen Massen zusammenstürzten, beschädigt wurden und Gefahr liefen in den Fluß geschleudert zu werden.

Der König, als er diese Untat erblickte, fuhr mit einer unwillkürlichen Bewegung nach dem Schwerte, doch besann er sich und blickte erst ruhig sein Zepter, dann die Lampe und das Ruder seiner Gefährten an. Ich errate deine Gedanken, sachte der Mann mit der Lampe, aber wir und unsere Kräfte sind gegen die Ohnmächtigen ohnmächtig. Sei ruhig! er schadet zum letztenmal, und glücklicherweise ist sein Schatten von uns abgekehrt.

Indessen war der Riese immer näher gekommen, hatte vor Verwunderung über das, was er mit offenen Augen sah, die Hände sinken lassen, tat keinem Schaden mehr, und trat gaffend in den Vorhof herein.

Gerade ging er auf die Türe des Tempels zu, als auf einmal in der Mitte des Hofes auf dem Boden festgehalten wurde. Er stand als eine kolossale mächtige Bildsäule, von rötlich glänzendem Steine, da, und sein Schatten zeigte die Stunden, die in einem Kreis auf dem Boden um ihn her, nicht in Zahlen, sondern in edlen und bedeutenden Bildern, eingelegt waren.

Nicht wenig erfreut war der König, den Schatten des Ungeheuers in nützlicher Richtung zu sehen; nicht wenig verwundert war die Königin, die als sie mit größer Herrlichkeit geschmückt aus dem Altare, mit ihren Jungfrauen, heraufstieg, das seltsame Bild erblickte, das die Aussicht aus dem Tempel nach der Brücke fast zudeckte.

Indessen hatte sich das Volk dem Riesen nachgedrängt, da er stillstand, ihn umgeben und seine Verwandlung angestaunt. Von da wandte sich die Menge nach dem Tempel, den sie erst jetzt gewahr zu werden schien und drängte nach der Tür.

In diesem Augenblicke schwebte der Habicht mit dem Spiegel hoch über dem Dom, fing das Licht der Sonne auf und warf es über die auf dem Altar stehende Gruppe. Der König, die Königin und ihre Begleiter erschienen in dem dämmernden Gewölbe des Tempels, von einem himmlischen Glanze erleuchtet, und das Volk fiel auf sein Angesicht. Als die Menge sich wieder erholt hatte und aufstand, war der König mit den Seinigen in den Altar hinabgestiegen, um durch verborgene Hallen nach seinem Palaste zu gehen, und das Volk zerstreute sich in dem Tempel, seine Neugierde zu befriedigen. Es betrachtete die drei aufrecht stehenden Könige mit Staunen und Ehrfurcht, aber es ward desto begieriger zu wissen, was unter dem Teppiche in der vierten Nische für ein Klumpen verborgen sein möchte; denn, wer es auch mochte gewesen sein, wohlmeinende Bescheidenheit hatte eine prächtige Decke über den zusammengesunkenen König hingebreitet, die kein Auge zu durchdringen vermag und keine Hand wagen darf wegzuheben.

Das Volk hätte kein Ende seines Schauens und seiner Bewunderung gefunden, und die zudringende Menge hätte sich in dem Tempel selbst erdrückt, wäre nicht ihre Aufmerksamkeit nicht wieder auf den großen Platz gelenkt worden.

Unvermutet fielen Goldstücke, wie aus der Luft, klingend auf die marmornen Platten, die nächsten Wanderer stürzten darüber her, um sich ihrer zu bemächtigen, einzeln wiederholte sich dies Wunder, und zwar bald hier und bald da. Man begreift wohl, daß die abziehenden Irrlichter sich hier nochmals eine Lust machten und das Gold aus den Gliedern des zusammengesunkenen Königs auf eine lustige Weise vergeudeten. Begierig lief das Volk noch eine Zeitlang hin und wider, drängte und zerriß sich, auch noch da keine Goldstücke mehr herabfielen. Endlich verlief es sich allmählich, zog seine Straße, und bis auf den heutigen Tag wimmelt die Brücke von Wanderern, und der Tempel ist der besuchteste auf der ganzen Erde.